十二大戦
西尾維新
中村光

十二大戦

西尾維新
中村光

装丁◉Veia

十二大戦　目次

第一戦

猪も七代目には豚になる

異《い》能肉《のうのしし》◆『愛が欲しい。』

本名・伊能淑子《いのうとしこ》。四月四日生まれ。身長176センチ、体重60キロ。三百年以上の歴史を持つ名家の跡取り娘。虐待的なまでに苛烈《かれつ》な教育方針を持つ父親と、溺愛《できあい》に溺愛を重ねる甘やかしの母親との板挟みになりながら育ち、両者の期待に公平に応えるという離《はな》れ業《わざ》をこなす。大人の顔色を窺《うかが》いながら育った分、成人して地歩を固めてからは、比較的奔放《ほんぽう》な性格になった。特に、両者から共通して禁じられていた恋愛方面に関しては完全に箍《たが》が外れてしまったようである。本来、十二大戦の参加資格者は五歳離れた妹だったが、十二年かけて彼女を暗殺し、その資格を強奪する。使用武器は両手に持つ機関銃『愛終《あいしゆう》』と『命恋《いのちごい》』。重火器の扱いには通暁《つうぎよう》していて、どんな重厚な兵器でも自在に操るのだが、中でもこの二丁は、彼女にとって、自分と繫《つな》がっている肉体の一部のようなものである。現在、十二人の男性と健全につきあいつつも、更なる恋人募集中。

1

そのゴーストタウンの中心近くにそびえ立つ廃ビルに這入《はい》って、異能肉《いのうのしし》は、（随分と真新しい廃ビルですこと）と思う。もっともそれもそのはずで、このビルが廃ビルになったのはごくごく最近の話であり、この街がゴーストタウンになったのも、同じくごくごく最近の話なのだった。このたび、十二大戦を開催するために、本当にただそれだけのために、大戦主催者は街をひとつ滅ぼしたのである。（人口五十万人規模の大都市群を一夜にして滅ぼすなんて、我が誉れ高き伊能《いのう》家でも簡単ではありませんけれど——）などと、そんなことを考察しながら、肉は、ビルの中を優雅に歩く。あくまでも優雅に、しなやかな足取りで。『招待状』に書いてあった集合時刻はとっくに過ぎていたけれど、そんなことは彼女を急がせる理由にはまったくならない——どころか彼女は、人を待たせるのは高貴なる者の義務だと確信している。（それに『亥《い》』は最後に登場するものだと、およそ相場が決まっていますもの——前回大会の覇者を継ぐディフェンディングチャンピオンとして、恥ずかしくない振る舞いをしなくてはなりませんわ）そう思い、左右に構えた機関銃の銃把《じゅうは》を、決意を込めて——殺意を込めて、握り締める。

いざというとき動きやすいよう両手は常に自由にしておくべき、と教えられるような環境で育った肉は、しかしその教育方針を独自に一歩押し進めた。『いざというとき』を想定するのであれば、むしろ常に武器を持っておくべきだろう、と。だから別段、肉は十二大戦に参戦するためにわざわざ巨大な機関銃をこうして二丁、用意したわけではない――『愛終《あいしゅう》』と『命恋《いのちごい》』は、いつだって持ち歩いているし、それを法律上で許されている。通報されれば、通報したほうが逮捕される。彼女、異能肉は、そういう立場の人間だ。(もっとも、今日、ここに集められたような『参加者』の中に、機関銃に恐れをなす戦士は一人もいないでしょうけれど――さて、どうしたものかしら?)肉は基本的に、傲慢《ごうまん》で高飛車で、およそ見た目通りの、嫌で性悪な人物像だったが、愚かでもなければ油断もしない。狭い個室に数十秒もの間閉じ込められることになるエレベーターになど乗るわけもなく、百五十階まで続く階段を昇る最中も、たゆまず戦略を練り続ける。優勝しなければならないのはもちろんのこととして、決して優雅さを忘れてはならない――汗をかいて手に入れる勝利など、敗北と同じだ。勝ちよりも雅を。これから相見《あいまみ》えることになる十一人の強敵を、いかに由緒正しく、いかに上品に殺すか、それればかりを考える。

「みなさま、お待たせしました。ご機嫌うるわしゅう。わたくしが『亥』ですことよ」最上階の一室、遥かなる高みから夜景を見下ろすための展望スペースとして設計されたと思われるその大部屋に、肉は這入った。もっとも、『遥かなる高み』という言葉そのものにはときめくものの、数日前まではともかく、ゴーストタウンと化したこの街を、この高さから見下ろしたところで、ひたすら漆黒の闇が見えるだけである——闇など、一瞥《いちべつ》の価値もない。それよりも、予想通り、既《すで》にその部屋に勢揃いしていた、これから肉と殺し合うことになる十一人の戦士にこそ、しかと目を向けるべきだった。だだっ広い部屋の中、まるで寄り添うことなく、等間隔に、めいめいがばらばらに立つ、まったく挨拶を返してこない彼らにこそ。室内に配置されたテーブルには、さながら立食パーティーでも開催されているかのように、豪華な料理がずらりと並べられているけれど、誰もそれに手をつけようとしないし、誰かと誰かが会話をしているような様子もない。常人なら、ただいるだけで押し潰されてしまいそうな空気の重さだ。その馥郁《ふくいく》たる重さを味わうように、ちろりと唇を舐めながら、肉は、（知っている顔が、意外と多いですわね——）と思う。（『丑《うし》』に——『未《ひつじ》』。『酉《とり》』に『戌《いぬ》』——おやおや、姿を見るのは初めてですけれども、あそこにいるのはひょっとして『寅《とら》』なのかしら？　そして、『申《さる》』……まあ、あの不愉快な女が来ないわけがないですわよね。……壁にもたれて寝ている子供は知らないけれど——ん？）それも高貴なる者の義務として、表情では薄笑いを浮かべながらも、腹の中ではそんな検分をしていたが、ふと、床に転がっている生首に気がつく。鋭利な刃物で切断されたと思われるその赤々しい断面を、特に感情なく見て、一応、それとなく胴体のほうを探してみる——そちらも床の上に無造作に転がっていたので、すぐに見つかった。人間の首を斬ったらその場に倒れましたというくらい無造作な死体。これから殺し合いをするにしたって、場の空気が重過ぎると思ったけれど、どうやら原因はその死体らしい。（殺し合いが始まる前に殺された、お間抜けな戦士がいたようですわね）肉がここに来る前に、一悶着《ひともんちゃく》あったようだ――（…………）と、肉は、その死体の一番そばに立つ男に視線を送った。「んんん？」と、見るからに異様な風体のその男は、肉の存在に今初めて気付いたというように、大きく首を傾げる。「僕じゃないよ？　僕じゃないよ？　証拠もないのに、人を疑うのはやめて？」

そう言って男は、手にしていた血塗《ちまみ》れの巨大な刃物をこちらに向けた。決して威嚇《いかく》しているのではなく、指さそうとしたら、そのときたまたま手に刃物を持っていただけというような、自然な動作だった。自分の手で指すのと、刃先で指す意味が、その男にとっては同じ――機関銃を自分の身体の一部と定義している肉と、そこは通じるところがあった。奇しくも男は、反対側の手にも、同じサイズで同じデザインの、大鉈《おおなた》のような禍々《まがまが》しい刃物を持っている――二丁刃物と二丁機関銃。だからと言って、取り立てて共感しはしなかったけれど。反対側の刀身は綺麗なものだったが、これ以上間合いを詰めれば、怪しく光るそちらも赤に染めることに、彼は抵抗はないだろう。（片っぽの刃物が血塗れなだけで、証拠としては十分だと思いますけれど――）挑発されているのか、ただいかれているだけなのか、肉が判断しかねていると、

「ようこそ、戦士達」

という声がした。ドアを開ける音も、足音もなく、まるで最初からそこにずっといたかのように、部屋の窓際に、塗り潰したような夜景を背景にして、シルクハットをかぶった老人が立っていた。全員の視線がそちらに向く――いや、壁にもたれて寝ている少年は、目を覚ます様子がないが。「皆様お揃いのようですので、それではこれより、第十二回十二大戦を始めさせていただきます。エヴリバディ・クラップ・ユア・ハンズ！」そう言って老人は高らかに手を打ったが、むろん、それに追随する戦士は一人もいない。それを気にした様子もなく、冷ややかな反応の『エヴリバディ』に向けて、「私は本大戦の審判を務めさせていただきます、ドゥデキャプルと申す者です。どうかお見知りおきを」と、あくまでも鞠躬如《きっきゅうじょ》とした恭《うやうや》しい態度で、老人――ドゥデキャプルは深々と一礼する。（正しく発音できそうもない名前ですわね）と、どこか白けた気持ちで、肉は彼の登場を受け止めた。刃物男との一触即発の空気を散らされて、興が削《そ》がれたというのもある。刃物男のほうは、もう肉のことなど忘れたように、ドゥデキャプルに「…………」と、奇妙な眼光を送っていた。その態度を、話をちゃんと聞こうとしている真面目な態度だと見る人もいるだろうが、普通に見たら、殺せるかどうかを探っているとしか思えない目つきだった。（敵か味方かを、殺せるかどうかで判断するってタイプかしらね――そんなタイプがわたくし以外にもいるっていうことが、類を見ない驚きですけれども）老人は刃物男からの危うい視線に気付いているのかいないのか、「早速ではございますが、これよりルール説明に入らせていただこうと思います。後ろのテーブルをご覧ください」と言う。

見れば、料理がいつの間にか片付けられていて、その代わり、十二個のどす黒い宝石が、テーブルの上には置かれていた。（どす黒い――だけれど、美しい）同じ大きさで、同じ色で、個体差はないようだが、十二個という数は、この場合、意味深だった。「おのおの、おひとつずつお取りください」そう言われて、十二人は互いに様子見をしながら、それぞれ宝石を取りにテーブルへと向かった。否《いな》、十二人ではない。死んでいる一人は当然ながら、寝ている一人も、動かない。（このまま寝かしておいたら、あの坊やは棄権扱いになるのかしらん）と、肉は思ったけれど、あにはからんや戦士の一人が、宝石を手に取った帰りに、彼を揺り起こした。（余計な真似をしますわね――『申』が）こうして同じ戦場に立つのは久し振りだけれど、どうやら、『申』の彼女の、お節介な性格は変わっていないらしい。次に会うときはどちらかが死ぬときだと思っていたけれど、その認識を改める必要はなさそうだ。（しかし……）と、肉は、近くで見ればよりどす黒く輝く宝石を手の内で遊ばせながら、もう一度、刃物男に目をやる。（この危なげな男を始めとして……、これだけ癖《くせ》のありそうな戦士達が、逆らおうともせず、言われるがままの段取り通りに、あんな得体の知れない審判員の指示に従うというのは、意外ですわ。裏返せば、十二大戦というのが、そのスケールのイベントということですわね。頭ではわかっていたことですが、やはり実際に体験してみなければわからないものですわ）起こされた少年が、取り立てて『申』に礼を言うでもなく、ただ眠そうに宝石を手に取ったところで、残る宝石はあとひとつとなる。

「なあ、審判員さんよお」と、そこで挙手する者があった。「俺様の弟の分の宝石が、どうやら余ってるみたいなんだけど、これは俺様がもらってもいいのかい？」どさくさに紛れて図々しいことを言うその男の顔を見て、肉は少し驚く——彼の顔が、今となっては誰も目もくれていないあの生首のそれと、ほぼほぼ一致していたからだ。苦悶《くもん》の死に顔と、生きているそれでは、やはり差はあるが、一度気付いてしまえば、その類似性は一目瞭然だった。（双子……？）それが戦士としての装備なのだろうか、背中に奇矯《ききょう》なタンクを背負っているところも共通している。（双子の戦士……、じゃあ、ひょっとして、あれが噂の断罪《たつみ》兄弟？）弟が殺されたと言いながら、その死体よりも宝石のほうを見る兄に、審判員ドゥデキャプルは、「どうぞどうぞ、構いませんよ、お持ちください」と、穏やかに答える。「へへへ、ラッキー。儲け儲け」「ただし、『呑み込む』のはひとつにとどめていただくよう、お願い申し上げます」「あん？　呑み込む？」「ええ。他の皆様も、どうかその宝石を、噛まずに呑み込んでください——必要でしたら、水はこちらで用意致しますので」経済活動において不自由したことのない肉は、宝石を呑むことを別に『勿体《もったい》ない』とは思わなかったけれど、しかし、呑み込むには少し躊躇《ちゅうちょ》するサイズである。とは言え、刃物男や睡眠少年、それに『申』の彼女が、逐次《ちくじ》宝石を呑んでいくのを、後込《しりご》みして見ているわけにはいかない。準備段階とは言え、既に戦いは始まっているのだ。ここで軽んじられるようなビクついた態度を取れば、全員から的にされる——そうでなくとも、怯懦《きょうだ》にとらわれる振る舞いを衆目に晒《さら》すことなど、彼女のプライドが許さなかった。「ご一同、ご含飲されましたね？　では明かさせていただきますが、今ご一同に呑んでいただきましたのは、毒の塊《かたまり》にてございます。猛毒結晶『獣石《じゅうせき》』——人間の胃酸と独特の化学反応を起こし、およそ十二時間で人間を死に至らしめる劇薬でございます」その衝撃の告白を受けて、しかし、十一人の戦士は誰も驚かなかった。呑めと言われた時点で、そうでなくとも見た目から、健全な宝石でないことは知れていた。肉も、まるで無味だった宝石を、言われるまで毒だとはわからなかったけれど、種明かしを受ければ、（まあ、でしょうね）というくらいの感想だった。

なんだったら、拍子抜けしたほどだ。弟の分の宝石を余分に獲得していた双子の兄は、「なんだよ、毒じゃ金になんねーじゃんかよ」と軽薄そうに言いつつも、それをちゃっかりポケットへとしまった。「一度体内に呑み込んでしまえば、もう吐き出せない形状になっておりますので何卒悪《なにとぞあ》しからず。準備も整いましたので、具体的なルールの説明に移らせていただきます。一度しか申し上げませんので、どうかお聞き逃しのないようお願いします。と言っても、今回は間違いようのないほど、シンプルな取り決めに致しました。第十一回大会のとき、少し複雑な仕組みにし過ぎましたので——我々も反省するのです」と、ドゥデキャプル。

「今、配らせていただいた十二個の宝石を、すべて集められた戦士の優勝です——優勝者となった戦士は、どんな願いでもたったひとつだけ、叶えることができる次第でございます」

確かにシンプルだった。しかし疑問の余地がないとは言えない。それを自ら確認したものかどうか、肉は少し迷う。できればついでに、誰か他の戦士が細部を問いただす様子を、横から観察したいところだ——誰が、何に、どういう疑問を抱く人物なのかは、殺し合う上では重要な情報である。肉にとっては未知なる戦士の、キャラクター性を少しでも知っておきたい。

「質問」と切り出したのは、しかし残念ながら、肉にとっては既知の戦士——『丑』だった。

(まあ、この『天才』を知らない戦士なんて、いないでしょうけれども……)陰々滅々とした雰囲気を放つ、丈《たけ》なす黒髪の男——間違いなく優勝候補の一人である。駆け引きなく、ただ疑問に思ったことを訊くその態度は、肉から見れば愚かだが、しかし戦士としては実直だった。

「参加する全戦士が服毒している以上、優勝しようとどうしようと、結局全員、死んでしまうのではないのかね? 審判員ドゥデキャプル」正しい発音である。「当然の疑問でございますので、当然の答を返させていただきます。優勝された戦士には、副賞として解毒剤を提供致しますから、どうぞご心配なく」つまり優勝できなければ、確実な死が約束されているということでもある。また、戦いを最後まで生き残ったところで、優勝した時点で十二時間が過ぎていたなら、解毒が間に合わず、やはり毒死するということだ。生き残りたければ、制限時間内に勝負を決めるしかない。十二大戦に参加している全員が選ばれし戦士であることを思えば、それは決してハードルの低いクリア条件ではないだろう。(ただ、問題はそこではありませんわ……)肉と同じ思いだったらしい『丑』は、続けて質問した。「胃酸と反応して、と言ったかね？　つまり、宝石は胃酸で溶けるということかね？」「はい、ご明察です。個人差はあるでしょうが、制限時間が近付くにつれ、溶解し——最終的には消えてなくなると思っていただければ結構でございます」それは、誰か一人の腹の中ででもそんな事態が起これば、誰も優勝できなくなるという意味だった。宝石がひとつ足りなくなったからと言って、じゃあ集めるのは十一個でよろしいと、クリア条件が緩むはずがない。「儂《わし》からもひとつ、質問させていただいてもよろしいですかのう？」と、そこで割り込むように、『未』が口を開いた。小柄な老人。これもまた残念ながら、肉にとっては既知の戦士だった——ただ、てっきりこの戦士は、引退したと思っていたのだが。（年齢だけでいえば、ドゥデキャ……よりも、年上でしょうに。引退どころか、死んでいてもおかしくはないレジェンドですわ——弱音を吐きたくはありませんけれども、正直、この『未』の参加は、厄介ですわね）「儂の戦闘スタイルは、なんというのでしょうな……、少々、獰猛《どうもう》でして。まさかこの衆目の場で手の内を明かすわけにはいきませんが、強烈な爆発物を使わせていただこうと思っておる仕儀なのです。もちろんそんなことは起こらないよう気を配る所存ではありますがのう、意に添わずして、蒐集《しゅうしゅう》している最中に、その宝石を破壊してしまった場合は、どうなるのでしょうかの？」手の内を明かすわけにはいかないと言いながら、あからさまに爆発物の使用を匂わせる——質問を装って、他の戦士を威圧する、奸智《かんち》に長《た》けた老獪《ろうかい》な手口だった。（老練と言うより、まさしく老獪……、こういうところ、本当に嫌らしいですわね——ただ、それはわたくしの機関銃にも、同じことが言えますわ。

わたくしの銃弾は、宝石くらい簡単に砕きますことよ?」「ご安心ください。毒の宝石が反応するのは、人間の新鮮な胃酸のみにてございます――それ以外では、どんな物理的な破壊力をもってしても、傷つけることは叶いません。なんでしたら、どうぞお試しになってください」「……いやいや、そこまで仰《おつしや》るのでしたら、試すまでもないでしょうな」『未』はあっさり引いた――目的である威圧は終わったのだから、それでよしとしたらしい。まあ、爆発物や銃弾以外にも、様々な『破壊』が百花繚乱、入り乱れるであろう十二大戦に、主催者側も容易に壊れるような宝石を使うはずもないか。「では、これが最後の質問だがね」と、『丑』が舵《かじ》を取り直す。「その頑丈だと言う宝石を、我々はこうして、己《おの》が体内に含んでしまったわけだがね――人間が呑み込んでしまった宝石を、いったいどうやって、集めろというのかね?」「方法は各人の手腕とご判断にお任せいたしますが、しかし参考までに申し上げますれば、相手の腹をかっさばくのがもっともてっとりばやいと、私などは愚考いたします」

2

「みんな! ちょっと聞いてくれる?」

と、『申』が言った。十二大戦審判員のドゥデキャプルが、「それでは世界が世界に誇るべき、強靭なる戦士達のご健闘をお祈りします」と、慇懃無礼《いんぎんぶれい》に頭を下げ、最初からそこにはいなかったかのごとく、ふっと姿を消したその直後のことである。どう効果的に先手を取るべきか、肉が小考していた隙《すき》を突かれたようなタイミングだった——事実、このとき『申』の彼女は、他のすべての戦士の虚をついて機先を制したのだ、たやすくも。これでざわめかないはずもなかった——ドゥデキャプルが話していたときよりもよっぽどぴりっと緊張した空気の中、彼女は場にそぐわない、爽やかな笑顔で言った。「提案があるんだけれど。このルールなら、誰も死なずに済むかもしれないわ。みんなで協力すれば」案の定、『申』の彼女がしたのはそんな、愚にもつかないような提案だった。考えていることの察しはつく。(相変わらず、お恵み深いこと。どうせ、出来レースで早々に優勝者を決定し、その優勝者は賞品である『たったひとつの願い』で他の全員を生き返らせるとか、その手の馴れ合いみたいな作戦なのでしょう?)そんな、誰でも思いつくようなアイディアを、名案よろしく言うに決まっているのだ、あの『申』は。冗談ではない。ご無理ごもっとももいいところだ——せっかくの願いを、他人を生き返らせるなんて、まったく建設的ではないことに、使ってたまるものか。「私に賛同してくれる人はいるかしら?」まるでボランティアを募集するみたいな口調でそう言う彼女に、怒りさえ覚える肉だったが、しかし、まあいい。こうやって悪目立ち(偽善目立ちかしら?)した彼女は、当然、十二大戦序盤のターゲット候補にノミネートされることだろう。彼女が他の戦士達に狙われている間に、じっくりと今後の対策を練るとしよう――そんな風に思い直した肉だったけれど、「…………」と、気怠《けだる》そうに手を挙げ、まさかの賛意を示す者がいた。（誰ですこと、足並みを乱す、空気の読めない戦士は――）と見れば、挙手したのは先ほどの睡眠少年だった。うつらうつら、今にも眠りそうになりながら、「誰も……死なずに済むなら……、それに越したことは……ない……」などと、いかにも眠そうな声でそう言う。眠そうと言うか、寝言みたいだ。ふと、その声に聞き憶《おぼ》えがあるような気がした肉だったが、しかし、「あんたを優勝者に祭り上げて……、あんたがみんなを生き返らせる……って算段かい？」と続く台詞を聞いても、どんな記憶も想起できなかったので、たぶん気のせいだろう。言うべくして難しいそのアイディアに、「少し違うわ。そのやりかただと、私がみんなをちゃんと生き返らせるかどうか、不安が残るでしょう？　私が想定する必勝法は、もうちょっと安心感があるものよ」と、『申』は、賛同者の登場を喜ぶように言った。（ふん。どうやら多少は考えているみたいですわね――どうせ猿知恵でしょうけれど）内心で悪態をつく肉だったが、しかし、だとしたら『申』にはどんな腹案があるのか、まったくわからない。八つ裂きにしても飽き足らないくらい嫌いではあっても、決して肉は『申』を軽んじているわけではないので、何かあるというのであれば、これは端倪《たんげい》すべからざる展開である。『申』が何を考えているのか読めず、いぶかしんでいる間に、ぽつぽつと、睡眠少年に続いて挙手する者が現れた。（う……、まずいですわね。『丑』と『酉』が……）そしてあと一人、巨漢の、肉は初めて会う、『未知の戦士』が一人、のっそりと挙手している。『申』と睡眠少年を合わせて、これで五人……、このままでは、全体の半数近い勢力ができてしまう。おおかた、睡眠少年は、『さっき起こしてもらったから』くらいの子供っぽい理由で賛意を示しているのだろうが、彼を皮切りに、さぐり合いだった場がにわかに動き出すのを見過ごしてしまったのは、取り返しのつかない失敗だった――『申』のアイディアが実現するかどうかは知らないが、しかし、これから繰り広げられるバトルロイヤルの中で、冒頭から巨大勢力が生まれてしまうことは、どう考えてもいいニュースではない。しかも、その中に『丑』が含まれているというのが最高にまずい。一人でも既に巨大勢力みたいな男なのだ。(なんとかここで潰さないと……あと一人、誰かが手を挙げたら、十一人中六人という、過半数の勢力となりますわ）しかし肉の生きかたは、そして信条は、今すぐ暴走的に、そして暴発的に、二丁の機関銃を四方八方に乱射して、場を撹乱《かくらん》するというようなみじめったらしい真似を許さなかった。あくまでも優雅に、流儀に則《のっと》って戦わねばならない。

ただし幸い、ここで肉は、何をする必要もなかった。六人目の戦士が、手を挙げたのだ。否、挙げたのは手と言うより、血塗れの刃物だった――危なげな目をした刃物男である。それを受けて、『丑』と『酉』と、肉から見て『未知の戦士』である巨漢が、挙げていた手をそっと下ろした。刃物男が賛同することによって、和平案から三人が離反したわけだ――さもありなん。たとえ、あの刃物が血の色に染まっていなくとも、こんな雰囲気の男を警戒しなくて、何が戦士か。「オーケー。ありがとう。平和主義者が二人もいてくれて、嬉しいわ。他のみんなも、気が変わったら、いつでも言ってきてね」しかし、戦士としての本能がないのか、『申』はそんな風に、刃物男を歓迎するようなことを言う——どう考えてもまともな考えがあって手を挙げたとは思えない男を、歓迎するようなことを言う。睡眠少年が手を下ろさないのは、引っ込みがつかなくなっているからか？

「じゃあ、二人はこっちに来て——」

そのとき、動きがあった。肉よりも判断の早い誰かが、ここを限界だと見たのだろうか——たとえ三人のチームでも、チームがチームとして成立してしまうことを、妨害しようとしたのだろうか。誰が、いったい何をしたのかはまったくわからなかったが、出し抜けに、部屋の床が大きく崩れたのだ。「！」「！」「！」「！」「！」「！」「！」「！」「！」「！」足場が抜けたことに、仕掛けた一人を除く十人がそれぞれ驚き、それぞれ落下しつつも、しかしそれぞれに対処する——すわ、これが第十二回十二大戦の幕開けだった。

3

大量の瓦礫《がれき》と共に肉が階下のフロアに着地したときには、既に戦士達はあちこちに、てんでばらばらに散っていた。肉だけは、あくまでも優雅に着地することを選んだが、皆はこのどさくさに姿をいったん隠すことを選んだようだ。（賢明でいらっしゃること）タイムリミットがある以上、いつまでも隠れてはいられないだろうけれど、しかし、タイムリミットに追われて、決着を焦るようなせわしない戦士も、この大戦にはいないだろう。（誰が床を崩したのかはわかりませんでしたけれども、その戦士には要注意ですわね。何らかの特殊な技能なのか、それとも、最初にあの部屋に到着して、あらかじめ仕掛けを打っておいたのか……）いずれにしても、チーム『申』の成立が、中途で妨害されたことは極めて大きい。個人で戦うよりチームで戦ったほうが有利、という単純な人数差もさることながら、肉のような性格の人間からしてみれば、『平和主義者』というのは、とにかく得体が知れなくて、なんだか気持ち悪いのだ。あの刃物男は、考えるまでもなく『平和主義者』ではないにしても、なので『申』と、睡眠少年もまた、要注意である――とりあえず、彼らが結集し、何らかの作戦に出る前に、『申』を、真っ先に始末したほうがよさそうだ。あの女との腐れ縁を、ここで断ち切れると思うとせいせいする――否、彼女の腹を割《さ》くことを想像するに至っては、官能的な喜びさえ覚えたが、（ん？）と、そこで肉は、気配に気付いた。気付いたも何も、この水準で邪悪な空気を振りまかれては、その辺の岩でも、できることなら転がって逃げ出すだろう。振り向くと、そこには刃物男が立っていた。瓦礫に埋もれていたのか、それとも、戻ってきたのか。

「誰からでも、別によかったんだけどー。よかったんだけどー」と、刃物男は抑揚をつけて言う。「きみは僕に、あらぬ疑いをかけてくれたからねー。その恨みは晴らしておこうかなと思って。ほら、すっきりしない気分で戦いに臨んでも、いい結果は出ないものでしょ？　メンタルってとても大事だからね。まったく、証拠もないのに人を疑うなんて、きみはなんて酷《ひど》い奴なんだ。人間性を疑うよ」「…………」反論する気も失せる、メンタルは既に取り返しのつかない大事件になっているであろう、刃物男の支離滅裂な物言いに肉は呆れるが、しかし、これはこれで本気なのだろうとも思う。この男は、本気で、『誰からでも、別によかった』のであって、戦略上の意味も何もなく、たまたま印象に残っていた肉に、仕掛けてきたに違いない。優雅さを追求し、最後に部屋に這入ったことが、そういう意味では仇《あだ》になった。これなら、チーム『申』が成立していたほうが、まだしも肉にとってはよかったかもしれない——その場合、この男は確実に、『申』に刃を向けていただろうから。その程度の気まぐれなのだ、このロックオンは。(不本意ですわ——本当の本当に、不本意ですわ。結果、わたくしがあの『申』の代わりに戦うことになるなんて——これじゃあまるでわたくしが、あの女を守ってあげるみたいじゃない)一方でそう思いつつ、他方、肉は冷静に、彼我の戦力差を分析する。あまり直視もしたいタイプの男ではないが、まさか気持ち悪いからという理由で、相手を見ずに戦うわけにもいかない。(ま……、漂う変質的な雰囲気でわかりにくくなっているけれど、この戦士、普通に出来ますわね。オーラ、なんて言葉は富裕層にしか使いたくありませんけれど、雰囲気ありますわ。わたくしか、『丑』でなければ、勝負にならないレベルですわ——)それだけに、惜しい。可能ならば、強敵同士で潰し合って欲しかった——が、多くは望むまい。贅沢は、言うものではなくするものだというのが、彼女の理念である。ここは優雅な所作で、血が騒ぐに任せよう。（わたくしにとって、あなたと最初に戦うことは残念なことですけれど――あなたにとって、わたくしと最初に戦うことは、死因ですわ）

「『亥』の戦士――『豊かに殺す』異能肉」
「『卯《う》』の戦士――『異常に殺す』憂城《うさぎ》」

名乗りをあげるくらいの礼節は心得ているらしい。シニカルにそう思いつつも、左右の機関銃、『愛終』と『命恋』を構え、肉は敵を蜂の巣にせんとする――ドゥデキャプルの話を信じるならば、たとえ弾丸で相手が蜂の巣になったとしても、宝石は傷ひとつつかずに残るはずだ。ならば血だまり、肉だまりの中から、ゆっくり目当てを探せばいい。刃物男――『卯』は、両手の巨大な凶器を振り上げて、跳ねるように突進してくるが、どう考えたって、機関銃の弾丸のほうが速い。銃口に怯《ひる》まず特攻してくるその心意気は大いに買うけれども、しかし猪突猛進は『亥』の専売特許だ――そしてトリガーを引こうとしたのだが、（………！）その腕を背後から、彼女は羽交い締めにされた。引き金はかろうじて引いたものの、銃口はあらぬ方向を向いたままで、弾丸は『卯』にかすりもしない――逆に、彼の刃物は。

彼の刃物は、肉の肉を貫いた。

背後で、彼女を羽交い締めにした人物ごと。「ごふっ……」突かれたのは心臓？　いや、食道だ……、この男、考えなしに刺したのではなく、確実に、寸分狂わず宝石を取りに来た。逆に言えば、人を一人殺害するにあたって、極めてシステマティックな手順として、ポケットティッシュの袋を破るくらいの感じの気安さで、人間の体に刃物を入れた。（しかも、『味方』もろとも……）展望室の床が崩れて、一瞬、姿を消していたあの間に、誰か他の戦士と協調して、その上で『卯』は、肉に突っかかってきていたのか——この男にそんな交渉力や社交性があるとはとても思えなかったが、しかし、こうして事実として……、（だけど、わたくしに何の気配も感じさせず、後ろから忍び寄ってきて下品にも羽交い締めにするなんて、いったい、どの戦士が……）「／！」

渾身で、最後の力を振り絞って首だけで振り向いて、肉は食道を貫かれたときよりも激しい衝撃を受けた。彼女を羽交い締めにする人物の顔を見て驚いたのではない。顔を見られなかったから驚いたのだ——確認しようと思った『顔』が、そこにはなかった。彼女を羽交い締めにしていたのは、首から上のない、胴体だけの——死体だった。先刻まで、床に転がっていたあの死体——その床の崩壊と共に、当然階下に落ちたであろう、あの死体。「お……お前……」と、肉は血走る目で『卯』に向き直る。言葉を優雅に飾る余裕は、もうなくなっていた。「お前……『死体使い《ネクロマンサー》』か！」

「『死体作り《ネクロマンチスト》』だよ。僕は殺した相手と、お友達になることができる」刃物を二人から——一人の人間と、ひとつの死体からどろりと引き抜きつつ、『卯』は言った。後ろから近付かれようと、道理で気配を感じないわけだ……、既にその時点でこの戦士は、死んでいたのだから。

「彼——『巳《み》』の戦士を殺したのは僕じゃないなんて嘘をついてごめんね。きみが、僕の属性を知っているかもしれなかったから、用心したんだ」いや、そこで騙されてはいなかったのだけれど。（こ、このわたくしが、こんなところで終わってしまうなんて……）屈辱に塗《まみ》れつつ、しかし力なく、その場にくずおれた誇り高き彼女が、彼女の『個性』のようなものが消え去る直前に捉えたのは、そんな彼女を、屈辱どころか絶望に陥《おとしい》れる声だった。「でも、許してくれるよね。これからはきみも、僕のお友達なんだから」

4

こうして、十二大戦開始直後に、前回の優勝者である『亥』を受け継ぐ彼女は脱落した——そして落命した彼女を含む三名、『卯』『巳』『亥』からなる、死体同盟ラビット一味が誕生したのだった。

(○卯——亥●)
(第一戦——終)

第二戦

鶏《けい》鳴《めい》狗《く》盗《とう》

本名・津久井道雄《つくいみちお》。五月五日生まれ。身長177センチ、体重52キロ。武器は持たない主義で、牙で噛みつく戦闘スタイル。なんでも噛み砕くその牙は、『狂犬鋲《きょうけんびょう》』と呼ばれ、恐れられている。普段は保育園に勤めている彼の働きぶりは保護者からの評判も上々で、子供達からの支持も高いが、その実、『資質』のある子供を適切な組織に流すのが、彼の本業である。一度間違えて、ただのペドフィリアに幼女を流してしまったことがあったけれど、その際は命がけで奪還した。現在、その幼女は彼の養女となり、彼女の養育費を稼ぐためにも、戦場と保育園、双方の労働に精を出している。私生活では書道にはまっていて、最初は周囲の理解をまったく得られなかったけれど、それでもくじけずに書き続けることで完成した彼の雄渾《ゆうこん》な筆致は、語らずして反対派を黙らしめた。

1

十二大戦がおこなわれる範囲は、特に指定されていない。開戦時の集合地点こそ人為的に作られたゴーストタウンの中央ビルとされたが、一度始まってしまえば、そこからどれだけ離れようとも、極端な話、国外に出ようとも構わない。事実、十二年前の前回大戦での優勝者である先代の『亥』は、あえて人口が密集する大都会へと戦闘フィールドを移すことによって、膨大な巻き添えを出しながら戦った。（一般人の混乱や暴動を盾に使うことによって戦況を優位に進めようという、そのなりふり構わぬストイックさには、学ぶべきものがあるぜ）と、十二戦士の一人、『戌』の怒突《どつく》は思う。（もっとも、今回はその手は使えねーだろうけどな——明確なタイムリミットがある以上、みんな、この街からそう遠くには移動できねー。こうしていったん距離を取りつつも、戦える距離を保つという点においては、利害が一致している）だからこそ、怒は、あえてその逆の戦法を取ることにした。すなわち、人気《ひとけ》のないところに隠れて、遠く間合いを取り、誰にも見つからないように時を過ごす——である。牙をむき出しにした、いかにも凶悪そうな佇《たたず》まいの彼は、実際に凶悪な側面もあるのだが、一方で、冷静で、狡猾《こうかつ》でもあった。（セオリーがあるなら逆を行け――だぜ）見たところ、今回の十二大戦の参加者の中には、好戦的な戦士がそれなりの割合で混じっていたようなので、しばらくは彼ら彼女らの好き勝手にさせておいて、本格的に動き出すのは、人数が少なくなり、紛れがなくなったあとにするのが良策だろう。むろん、戦士としての矜持《きょうじ》を、それなりに強く持つ怒は、たとえ一人で十一人を敵に回しても勝ち切るだけの自信と信念もあったけれど、そこをぐっとこらえている。自我を抑え、確実に優勝を狙っている。（大会開始前に『巳』を殺していた『卯』は、そんなに警戒しなくともいいだろう。所詮はあんな奴、ただの殺人鬼だ――十二大戦を生き残れる器じゃねえ。となると、問題はやはり『丑』だよなあ――）あとは、気になるとすれば、あのとき、『床を崩した誰か』だ――怒を含む十人の戦士、全員の虚を同時についた、あの仕掛けの使い手は、いったい誰なのだ？　それがはっきりしないうちには、動くべきではない。（まあ、待つさ――待たせてもらうさ。待つのは犬の本懐だ。せめて人数が、三人以下に減るまで）

とは言え、彼がこんな風にどっしりと、腰を据えて十二大戦に対して構えられることには、類《たぐい》まれなる自制心の強さ以外にも、理由がないわけではない――と言うより、むしろ、そちらの理由のほうが大きい。これは本当に、彼にしてみれば仕込みようのない展開だったが、今回のルール設定、特に優勝条件が、怒にとっては、およそ望むべくもないそれだったのだ。毒の宝石を腹に呑み込んで、それを奪い合うというルール――早く『取り出さない』と、宝石は溶けてなくなってしまうし、自身の体も毒に蝕《むしば》まれる。十二時間で絶命するとドゥデキャプルは説明していたが、それは別に、十二時間後にいきなり、ぽっくりと死ぬというわけではあるまい。そんな時限爆弾のような都合のよい毒薬が、人数分用意できるとは思えない。時間の経過と共に服毒者の身体髪膚《しんたいはつぷ》は毒に侵され、十時間が過ぎる頃には、まともに戦うことも難しくなっているだろう。それに、薬物の効き具合なんて人それぞれなのだから、もっと早く効果が現れる者もいるかもしれない——そんな不安が、『バトルロイヤルは、序盤はおとなしくしておいたほうがいい』というフォーマット通りの戦法を、取りづらくさせる。だけど、怒突だけは例外なのだ。

なぜなら、彼の戦闘スタイルもまた、『毒』の使役だからである。

(世間には、『狂犬鋲《きょうけんびょう》』による強烈な『噛みつき』こそが俺の戦闘スタイルだと思わせてあるけどな……)実際にはその牙から分泌される毒液こそが、『戌』の戦士の持ち味というわけだ——当然、その持ち味を味わわせた相手には、すべて死んでもらっている。体内で毒を自在に構成し、それを敵の体内に『感染』させることで、時には殺し、時には殺し、時には殺し、時には殺してきた。まあ、噛むのは噛むわけだから、『噛みつき』がスタイルだというのは、あながちまるっきりの嘘でもない。そんな『毒殺師』としての怒にとって、あのとき手にしたどす黒い宝石が、一種の毒であることは専門家ゆえに呑み込む前からわかっていたし、わかっていたからこそ、先んじて体内に、解毒薬を作って備えることができた——つまり、怒突は今、まったく毒に侵されていない。毒素は完全に無効化され、健康そのものである。十二時間どころか、いつまでだって、体力の続く限りこうやって潜《ひそ》んでいることができる。もっとも、他の戦士には厳然としてタイムリミットがあることを思うと、やはりこのゴーストタウンから外れるわけにはいかないが——ともかく、彼だけはこの十二大戦において、特権的にルールの外側にいるのである。（やや反則気味だが、後ろめたいなんて思わねーぜ。このアドバンテージは最大限に利用させてもらう）特権階級の戦いかたをさせてもらう。終盤戦まで隠れ続けて、他の戦士が戦いと毒でふらふらになっている中、怒突だけは万全のコンディションで臨む——というのが理想的な展開だが、さすがにそこまで欲どうしいことを言うつもりはない。あまりぎりぎりまで待ち過ぎると、敵の体内で宝石が溶けきって、なくなってしまうというリスクもあるのだ——薬物の効きかたに個人差があるよう、胃酸の量にだって個人差はある。もしも宝石が誰かの体内で、跡形もなく消化され尽くしてしまったならば、いかに『毒殺師』と言えど、それを再構築するすべはない。怒も、戦士全員のキャラクター性を知っているわけではないが、胃酸過多の戦士がいたとしても、別にそれが悪いという法はあるまい。だから、あくまでも基準は、時間ではなく人数に据える。三人以下にまで戦士の数が減るそのときまで、ここにじっと身を潜める。この、誰にも見つからない絶好の隠れ場所に「みーつけた」

2

怒突が身を潜めていたのは、灯台もと暗しを気取ったわけではないが、集合場所の廃ビルの、地下駐車場だった。ただでさえ薄暗い上、持ち主のいない車——たぶん、この世にいない——が大量に停められているここは非常に見通しが悪く、自身の判断基準としては、まず見つかりっこない『隠れ家』だったはずなのだが、実際にはほんの三十分足らずで見つかってしまった。「みーつけた」なんて、かくれんぼをして遊んでいる子供みたいに見つけられてしまったけれど、当然ながら、相手は子供ではなく戦士だった。今日が初顔合わせとなる戦士で、トライデントのような武器を胸に抱えている。（まずい！）と、さすがに焦る怒。隠れるのに適した場所とは、裏返って、戦いにくい場所ということでもある——薄暗さも、見通しの悪さも、『嚙みつき』という彼の戦闘スタイルを滞《とどこお》りなく発揮するには、とても適切な環境とは言えない。対して相手の細長い形状の武器は、ここでは使い勝手がよさそうだ……。（ちっ……しかも、大戦はまだ始まったばかり。遅効性である毒の宝石は、まだまったく効果を表していないだろう）ある程度、毒で弱った相手と戦うつもりのスケジュールを組んでいたが、期せずして万全のコンディション同士でやり合うことになってしまった――まあいい、それならそれで意識を切り替えるまで！　そう決意し、立ち上がろうとした怒突だったが、しかし相手は「あっ、あっ、誤解しないでくださいっ、あなたに危害を加えるつもりはありませんっ」と、慌てたように言った。こちらは物陰にかがんでいて、向こうはその正面に立っているという、ある意味やりたい放題の位置関係において、そんな釈明するようなことを言う。「わ、わたし……、『酉』です！『酉』の、庭取《にわとり》と言います……、あなたにお声をおかけしたのは、な、仲間になろうと思って……」

仲間？　思わず眉を顰《ひそ》めるも、（そーいやこいつ、『申』の奴の誘いにも、応じようとしてたっけ……）と、怒は思い出す。あのとき賛成していたのは、一貫して眠そうにしていたあの少年の戦士と……、『丑』の戦士……、巨漢の戦士と、そしてこの娘だった。（…………）怒は、本職であるブローカーの目で、対面する女戦士を分析する――おどおどした態度の割に、露出の多い、派手な格好をしている。なんだか、着せられている感の強いコスチュームだが……、望んで十二大戦に参加していないというタイプだろうか？　「仲間になろう、だって？」「え、ええ……、うやむやになっちゃいましたけれど、このバトルロイヤル、さ、最初はチームを組んで挑むのがいいのは、当たり前じゃないですか。だから……」ごにょごにょと、喋っているうちに声が小さくなって聞こえなくなってしまったが、要するに彼女は、特に怒を探していたわけではなく、散り散りになってから、たまたま最初に見つけた怒と、無警戒にもチームを組もうとしているらしい。（『チームを組んで挑むのがいい』のが『当たり前』なのに、どうして、開始直後、その動きを取ったのが『申』だけだったのか、考えたりはしねーのかよ……）最終的な勝者が一人である以上、『チームプレイ』と『裏切り』が表裏一体であることに、この『酉』は気付いていないようだ。この分では、『申』の誘いに手を挙げていたのも、『申』と志《こころざし》を同じくする平和主義者だからとかではなく、短絡的に『チームを作ろう』と思っていたからというだけなのだろう。「最後の二人になるまでは一緒に戦って、なったら、一対一で正々堂々、勝負をすればいいじゃないですか。ですから、お願いです。わたしと協調してください！」お互いにとって得な提案なのだから、断られるとはまったく思っていないと見える『酉』の様子に、怒は、少し考える。こんな馬鹿っぽい娘とチームを組むことに、さしてメリットがあるとは思えない。ルール上、自分にだけ『毒殺師』としてのアドバンテージがある現状ならば、尚更だ。ただ、だからと言って提案を無下に断れば、ここからバトルに突入することは避けられない。馬鹿っぽくはあり、実際思慮は浅いのだろうけれど、それでも『酉』の代表戦士である——戦士である。愚鈍さを補ってあまりある実力を持っていると考えるのが相当だろう。負けはしないまでも、万が一にも苦戦し、こんな早い段階で手傷を負ってしまえば、今後の計画に支障をきたす——今の怒にとって、恐れるべきはアドバンテージを活かせない、序盤戦での敗退だ。（……ここは、仲間になった振りをして、場所を変えて、他の敵と遭遇する前に、さっさと殺すのが最善手かな）非人道的かつ人情に欠け、その上、人を人とも思わない、つまりはとても人間らしい戦略を、怒が組み立てたところで、「そ、それに急がないとやばいんです。やばいんですよ。激やばなんです」と、およそ戦士らしからぬ砕けた表現で、『酉』の娘は続けた。「あの両手に大鉈《おおなた》を持った危なげな戦士……、あいつ、なんと驚き、『死体作り《ネクロマンチスト》』だったんです！『亥』の戦士を殺して、もう既《すで》に、三人組のチームを作っちゃってるんです！」

3

『酉』の戦士・庭取の、十二大戦への参加を許される――あるいは強制される――資格とも言える特殊技能は、いわゆる『鵜の目鷹の目《うのめたかのめ》』だそうだ。あらゆる鳥類との意志疎通が可能で、その特技を使って、地下に身を潜めていた怒突のことも見つけたらしい。そう言えば、彼女に見つかる直前、鳩が一羽、駐車場の天井に止まっていたような憶《おぼ》えがある。屋外だけでなく建物の中であろうと、鳥が入り込める場所ならば、彼女にとってはすべて、視界の範囲内ということなのだ。いくら十二大戦の主催組織が、ゴーストタウンを作ろうと人払いをしようと、空を飛ぶ鳥の出入りまでは制限できない。怒突が『毒』に関してアドバンテージを持つように、

『酉』の彼女は、『視点』に関して、他の戦士よりも圧倒的に有利な立場にいるようだった。そして彼女は、その『鵜の目鷹の目』で見たのだと言う――『卯』と『亥』の戦いを、その幕切れを。『巳』の戦士の死体を操り、『亥』の戦士を絶命せしめ――そして二体の死体を率いてその場を離れる『卯』の戦士を、目撃したのだった。十二大戦の緒戦となったあのバトルには、『酉』という目撃者がいたのである――その話を聞いて、怒突はとりあえず、（こいつ、本物の馬鹿だな）と思った。見たものを話さずにはいられなかったのかもしれないが、初対面の怒突相手に、こうもあけすけに、己の特技をバラしてしまうなんて……、考えられない無防備さだ。なるほど、戦士として戦うには素晴らしい、金で話がつくなら売って欲しいくらいに羨《うらや》ましいスキルだったが、しかし、直接戦闘の肉弾戦に活かせるものではない。この距離で向かい合えば、いつだって勝てるし、いつだって殺せる。もはやこの『酉』の戦士は、怒にとって取るに足らない脅威となった――利用するだけ利用して、怒の裁量でその技を最大限に活用したのち、早めに殺してしまえば、足を引っ張られることもないだろう。それより、今、問題なのは、『卯』の戦士だった。『死体作り《ネクロマンチスト》』……、まさか実在したとは。殺せば殺すほど手下を増やす、殺戮者《さつりくしゃ》にして生産者。生産者にして凄惨者――その優位性は、『酉』はもちろんのこと、怒突のそれをも凌駕《りょうが》するかもしれない。殺した相手を配下にできる技能とは、つまり、絶対に裏切らない仲間を作るコミュニケーション能力であるとも言える――つまり、『チームを組む難しさ』、あるいは『チームを組むデメリット』みたいなものが、彼にとっては存在しないに等しい。しかも、チームメイトには見返りを支払う必要もなく——殺せば殺すほど、十二大戦が進行すれば進行するほど、その仲間の数は増えていくことになる。理論的には、本当に十一対一の戦いになってしまいかねない——その上、『戦う死体』を戦力として見たとき、怒の、『毒殺師』としての手腕は、まったく意味をなくすことになる。既に死んでいる死体を、更に殺す毒なんて存在しない。試したことはないが、嚙みついて毒を感染させても、死体には何ら影響はないだろう。あくまでも通常の手順で、純粋な肉弾戦で、元戦士と戦わねばなるまい。（言うまでもねーことだが、あえて付言するなら、当然ながら、あの毒の宝石も、死体相手には効果がねーだろうし。死体は胃酸を分泌しねーだろうな）制限時間やタイムリミットというルールから、少なくとも『卯』の『仲間』は、解放されているというわけだ。（『酉』の『鵜の目鷹目』といい、俺の『毒殺師』といい、そして『卯』の『死体作り《ネクロマンチスト》』といい……、こりゃあ単なる偶然じゃあねーな）おそらくだが、参加戦士全員の特性に合わせて、主催者はルールやフィールドを決定している。誰もが何らかの、反則気味のアドバンテージを持ち、その優位性をどう活かすかという駆け引きを要求されているのだ。（ドゥデキャプルの奴が言っていたほど、シンプルなルールじゃねー……さて、どうしたもんかねえ）どうするにしても、方針転換をしなくてはならないことは確かだ。『酉』の処遇はともかく、十二大戦の終盤までここに隠れ続けているというわけにはいかなくなった。なぜなら、ぼんやりしていると、『卯』はチームの優位さ、否、有意差を存分に利用し、三人がかりで容赦なく次々と、三倍の効率で戦士を殺して回るだろう。その上、『卯』が殺した相手は、彼の新たなる仲間となる。（倒した相手をどんどん仲間にしていくなんて、まるで少年漫画だな）ここで終盤まで隠れ抜いて、好機だと思ってのこのこ出て行ったりしたら、そのときは、『卯』が、十人というのはあくまでも理論値にしても、七、八人の仲間を率いて、怒を迎え撃つという展開が、容易に想像できる。（完全に統率の取れた、個性あふれる戦士のチーム……、そんな気持ち悪いもん、想像したくもねーや）だから、動くなら、早めだ。極端なことを言えば、今、このときだ。『卯』の仲間が、彼の配下である死体が、まだ二体であるうちに、かの戦士との決着をつける。三対一なら、通常の生活の中でもままあるシチュエーションだし、一応、『酉』をこちらの戦力に数えるなら、三対二。これなら、特筆すべきことのない、ごくありふれた普通のバトルだ——相手の陣営の過半数がゾンビであることを除けばだが。「庭取」「は、はいっ」「現在の『卯』の居場所は、把握できているのか？　お前の得意技で」「も、もちろんですっ」胸を張って、彼女は答える。「ちゃんと追跡していますす……、バレないように結構距離を取っていますが、『卯』と『巳』と『亥』の動きを、鳥さん達には最優先で追ってもらっていますっ！」「わかった、俺は人とつるむのが大嫌いだが、今回だけは、お前の申し出を、特別に受けてやろう」あえて恩着せがましく、上から目線で怒は言った。対等の同盟関係ではなく、あくまでも主導権はこちらが握る。それに気付いているのかいないのか、『酉』の娘は嬉しそうな表情を、ぱあぁっと浮かべた。「と、ということは？」「兎狩りだ。殺そう」「うっしゃ、やったあ！」ガッツポーズを取る。

「優勝目指して、一緒に頑張りましょうね！　よろしくお願いしますっ！」そこまで一緒に頑張るつもりはなかったが、もっと言えば、一緒に頑張るのは最短で対『卯』戦だけに限るつもりだったが、しかしみなまでは言わなかった。「それでは改めて自己紹介しますっ！」と、無邪気っぽく握手を求めてくる『酉』。

「『酉』の戦士――『啄《ついば》んで殺す』庭取っ！」
「『戌』の戦士――『噛んで含めるように殺す』怒突」

差し出された華奢《きやしや》な手を握りながら、（さて、この娘をどう利用しようか）と、怒突は冷酷に計略を練る――手を握った同盟相手を、破滅させるためのコストパフォーマンスを正確に計算する。

4

ラビット一味を追跡する間、二人の間で情報交換をしておくことにした。十二大戦の参加者の中には、怒突の知っている戦士と、知らない戦士が、だいたい半々くらいの割合で参加していた——バトルロイヤルの情報戦的な側面にクローズアップするならば、同盟者として、お互いが持つ情報は共有しておくべきだろう。ついでに言えば、怒突にとっては、『酉』の娘に自分を信用させるために、『同盟者っぽく振る舞う』ことが必要だと思ったのだ。少なくとも彼女の、「『兎追いしかの山、小鮒釣りしかの川』って歌詞について、『兎追いし』を『兎美味しい』だと勘違いしていたよ、みたいなあるあるネタがありますけれど、でもそのあとで小鮒を釣っていることを考えると、どう考えてもそのあとので、兎さんも美味しくいただかれちゃってますよねー」みたいな雑談を聞いているよりはよっぽど有意義だ。彼女も彼女で、親睦を深めようとしているのだろうが……。

「俺が知っていると言える戦士は、『丑』と『辰《たつ》』と『巳』と『申』と『亥』、この五人だ……」怒突は言う。この情報に偽りはなかった——どうせ殺す相手にならば、正しい情報を漏らしても構うまい。返報性の原理で、相手からどんな貴重な情報が漏れてこないとも限らないのだ。「こん中で、ぶっちぎりにリスキーなのは、『丑』だぜ。どう言えばいいのかな……、一言で言うなら、こいつは、『わけがわからないほど強い』。戦場では敵陣を、例外なく全滅させる、通称『皆殺しの天才』だ」「みなごろしの、てんさい……」「ああ。間違いなく優勝候補の一人だぜ。お前くらいの実力じゃあ、遭遇したら、まず逃げたほうがいい」「はあ……」あまりピンとこないようだ。（まあ、それでいいさ。実際にはお前は、『丑』にエンカウントするよりも先に、俺に始末される定めにあるんだからな）

「『辰』と『巳』……断罪兄弟については、言うべきことはないな。二人一組のコンビネーションが凄まじい双子だったが、既に、二人のうちの一人が殺されているんだから、その脅威は半減以下だ」「ふむ。わかりました」「『申』は、あの通りの平和主義者で、博愛主義者だよ。戦士の風上にも置けない、いけ好かない女だ。戦場に出張って、戦争を和解に導くのがあいつの生業《なりわい》だぜ――数々の戦争が、あいつの和解案によって、停戦されてきた」（そういう意味では、こいつもよくよくついていない）成立しかけた『申』とのチーム結成に、あくまでもこだわっていればよかったのに、よりにもよって、怒突に声をかけてきたというのだから。「俺達戦士にとっちゃあ、同業者でありながら、商売敵《しょうばいがたき》みたいな奴だよ――どうせこの十二大戦に参加したのも、大戦を終わらせるためなんだろう」「そ、そんなことができますかね」『酉』の質問に、怒突は答えなかった。できるわけがないと思いつつも、あの女ならやってしまうかもしれないという、恐れにも、期待にも似た気持ちが、怒突の胸中に、まったくないとは言えなかったからだ。「『亥』についても、もう触れなくていいな。今や兎の奴隷なんだから。あいつはあいつで『湯水のごとく《ノンリロード》』っつー、結構手強《てごわ》い技を使ってたんだが……、ある意味、あいつが序盤で死んでくれたのは、残った俺達にとっちゃー、僥倖《ぎょうこう》なのかもしれねーな。で、庭取。お前は、誰を知っている？」「あー、わたしは、ほとんどのかたを知りません。不確かな噂を、聞いたことがあるかないか、くらいです。すみません、世間が狭くって」拍子抜けだが、さほど期待していたわけでもない。あわよくばという気持ちはあったが、こんなところだろう。別に落胆もせずにいると、「あ、でも、怒突さん。あの子、気になりませんでした？」と、『酉』が、思いついたように言った。「？　あの子って？」「あの、ずっとうとうとしてた子ですよ……、眠そうな。あんまり戦士っぽくないと言うか……、たぶん、あの子、まだ十代半ばですよね？」戦士っぽくないと言うなら『酉』だって人のことは言えないだろうが、確かにあの少年が、血に濡れた刃物を持っていた『卯』とは違う意味で、場から浮いていたのは確かだった。「警戒すべきだと思うのか？」「いえ、強そうとか、そういうことは思わないんですけど……なんだか、あの子、前にどこかで見たようにも思うんですよね。今回とは、全然違うシチュエーションで……怒突さんは、どうです？」「…………」言われてみれば、かすかな既視感がある。だが、どこで見たのかはわからなかった。どこかの戦場で、敵味方として、戦ったのか……？「あっ！」と、そこで『酉』が小さく叫んだ。見れば、その肩にはいつの間にか、小さな雀が止まっていた。「大変です、怒突さん――ラビット一味が、二手に別れました！」

5

二手に別れた、つまり、三人組が、二・一で別れたと聞いて、直感的に指揮官である『卯』

と、二体の死体のペアに別れたのだと怒突は思ったが、しかし、実際には、隊から分離したのは『亥』——両腕に機関銃を構えた異能肉だった。異能肉の死体だった。『卯』の持つ巨大な刃物で貫かれたとおぼしき胴体の傷から、だくだくと血を滴《したた》らせながら、ゴーストタウンの道路を、うつろな目で歩いている。ふらふらとした足取りで、高貴さどころか、意志も感じさせない。まさしく『歩く死体《ウオーキングデッド》』だった。それは名門に生まれたレディの逍遥《しょうよう》ではなく、ただただ面妖なばかりの徘徊《はいかい》だった。「すみません、怒突さん……、『卯』と『巳』は、見失いました。ひょっとすると、わたしの監視に気付いたのかもしれません」申し訳なさそうに言う庭取だが、しかしこの未熟そうな戦士にしては、ここまでが出来過ぎだったのだと、怒は思った。ただ、鳥の群れによる追尾に気付いたのであれば、どうしてあんな風に、『亥』だけを単独行動させるのか？　隠そうともせず——死体であることも、隠そうともせず。（囮《おとり》……ってところか）あの前進もおぼつかない『亥』を撒《ま》き餌《え》に、他の戦士を呼び寄せて、『亥』がやられている間に、背後からでもその戦士を、『卯』と『巳』の二人がかりで襲撃する。戦闘中が一番隙《すき》だらけという、戦士なら誰もが持つ、逆説的な弱点をついた戦略だ——『酉』から聞いた、『亥』を倒したときのやり口と言い、あの『卯』の男、奇矯《ききょう》な佇まいからイメージされるほど、クレイジーでもないらしい。（いや、仲間を平気で『囮』に使うあたり、クレイジーなのは間違いねーんだが……）となると、こちらはその上をいかねばならないわけだ。クレイジーよりもクレイジーな、狂犬でなければ。「庭取」「は、はい。なんでしょう？」「腕を出せ」「？　こうですか？」疑問そうに、こわごわと突き出された手に、有無を言わせず怒は噛みついた——牙を突き立てた。「え？　う、うわ、ひええぇっ！」悲鳴をあげる『酉』だが、麻酔薬も同時に注入してある、痛みはないはずだ。『処置』を一秒以内に終えて、彼女の手から口を離した怒は、「どうだ？」と訊く。「ど、どうと言われましても、いったい、何をされたのか……」「ドーピングだよ」『毒殺師』、怒突の毒は、噛みついた相手を、時には殺し、時には殺し、時には殺し、時には殺す——だが、時には『殺さない毒』も、ないわけではない。いわゆる増強剤。（恐れおののけ、その名も秘薬『ワンマンアーミー』）対象者の潜在能力を限界まで引き出す、これはこれで劇薬である——もちろん、それなりの無理が伴うので、自分に処方しようとは絶対に思わないが、これで一時的に『酉』の戦士を、パワーアップさせることができたはずだ。怒の戦略はこうだった。明らかに囮である『亥』に、強化した『酉』を単身で挑ませる。その勝敗は、別にどうでもいい——ある程度ちゃんとした戦いになればそれでいい。重要なのは、『酉』を送り込めば、隠れている『卯』と『巳』が、彼女の不意をつこうと、いずこかから姿を現すということだ——戦闘中で、隙だらけの『酉』を、背後から始末するために。『戌』は、更にその背後を突く。そのときは増強剤などではなく、即死系の毒物を牙に含んで——確実に『卯』を始末する。パワーアップしたところで、どうせ『酉』は『卯』か『巳』に殺されてしまうだろうが、それはむしろ好都合くらいのものだ。（その後は再び、地下に潜るぜ——狂犬にして猟犬、『戌』の戦士、怒突だ）「わ、わわ。何これ、何これ、何これ」そんな怒の邪悪な思惑の横で、噛まれた腕を抱えるようにして、ただただ混乱する素振りの『酉』。『ワンマンアーミー』の効果で、突如あふれ出てくる未経験のパワーに戸惑っているらしい。「落ち着け。俺はきっかけを与えただけで、あくまでもそれはお前自身の力だ。心を落ち着かせて、コントロールするんだ」「こ、コントロール……、こ、こうですか？」それまでと同じ調子で発された、そのあたふたとした口調が、『戌』の戦士・怒突が聞いた、最後の言葉になった。

6

引き出されたパワーで怒突の頭部をぐしゃりと握り潰した『酉』の戦士、庭取は「はーぁあ」と、大きくため息をつく。「結構、手間がかかっちゃったな……、でもよかったあ、ちゃんと『ドーピング』してもらえて」言いながら、あらわになった怒の首の、断面の部分から手をずぶりとつっこんで、そしてすぐに引き出す——毒の宝石は、ほぼ原形のまま、無事だった。「怒突さん。誰のことも知らないって言ったけど、わたし、あなたのことは知っていたんですよ」牙による戦闘スタイルがメインだと思わせて、その実体は『毒殺師』であることも、秘伝である増強剤『ワンマンアーミー』のことも。本人は隠しているつもりだったようだが、『鵜の目鷹の目』の前で――もとい下で、隠し事など、できると思うほうが間違いだ。自らの弱さ、未熟さを自覚している彼女は、事前の情報収集をまったく怠《おこた》っていない。十二大戦に参加する可能性のある戦士については、可能な限りの調査を終えている。当然ながら、怒突にコンタクトを取ったのは、たまたま最初に見つけたのが彼だったからではなく、元より彼をターゲットにしていたからだ。そして今、用済みになったから殺した。増強剤『ワンマンアーミー』のような秘薬を、今後、他の戦士にも処方されてはたまらないという気持ちもあったが、基本的に『酉』の彼女は他人をまったく信用していないので、誰かを利用することはあっても、誰かとチームを組むつもりなんて、さらさらないのだった。『申』の申し出に挙手したときも、裏切る気満々で手を挙げていた――怒突は最後まで、彼女のおどおどした態度から、気弱さしか読みとることができなかったが、しかし気弱さが弱さとは限らない。むしろ彼女はその気弱さゆえに、『自分を守るためならなんでもする』という、強さとは違う強《した》かさを所有しているのだった――ただし、それと感謝の気持ちとは別である。物言わぬ死体となった『戌』の戦士に、彼女は戦士として礼を失せず、きちんと頭を下げた。「ありがとうございました、怒突さん。あなたのおかげで、わたし、ひょっとしたら優勝できるかもしれません。そのときは、あなたの銅像を建てることを約束します」どんな顔をしていたのかはもう忘れてしまったけれど、まあ、男は顔じゃないというし、牙さえ生やしておけばそれでいいだろう。

そして、あっさり切り替えて、今度は機関銃を構えたまま道行く死体に、目を向ける。「じゃあ次！　頑張るぞおっ！」

（○酉―戌●）

（第二戦――終）

第三戦

牛刀をもって鶏を裂く

庭取《にわとり》◇『自分が欲しい。』

本名・丹羽遼香《にわりようか》。六月六日生まれ。身長153センチ、体重42キロ。幼少期より、筆舌に尽くしがたい凄惨な虐待を受けて育った彼女には、十五歳以前の記憶がない。何があったのか、何をされたのか、そして何をしたのか。気がついたときには自分の両親らしき生き物がどろどろになって死んでいて、自分の手にはあたたかい、血塗《ちまみ》れのエッグカッターが握られていた。当局に保護されたのち、素質を見出された彼女は丹羽家に引き取られ、以来、確たる目的も、志《こころざし》も、信念もなく、言われるがままに戦い続けている。言われるがままに殺し続けている。人を殺すことはもちろん、人を騙すことにも人を裏切ることにも何の抵抗もない彼女は、戦場においてスパイ的な役割を担うことも多いが、あまりに騙し過ぎて、あまりに裏切り過ぎたから、誰が本当の味方なのか、最近ではよくわからなくなっている。手にしている武器は、トライデントではなく鋤《すき》。銘はないが、勝手に『鶏冠刺《とさかざし》』と呼んでいる。ストレスが限界に来たと感じると、温泉に行く。だから向かう戦場が温泉地だと少し嬉しい。温泉卵、マジうまい。

1

気弱だけれど弱くなく、強くはないが強《したた》かに。力はなくとも無力ではなく、賢くないなら小《こ》賢《ざか》しく。初陣から変わることなく、そんなスタイルを貫いて戦場を生きてきた戦士・庭取にとって、彼我の戦力差や、敵の個性やキャラクター性などというものは、あまり気にならない要素である。敵が強ければ、すごいと感心くらいはするけれど、そんなものは、所詮、環境でしかない――天候のように、どうとでも変わる。最強の戦士だって今日は体調が悪いかもしれないし、最弱の戦士だって今日はラッキーデーかもしれない。善人は闇に堕ちるし、悪人は改心する――そんなあやふやなものをいちいち勘案してはいられない。(だから、自分のことだけ考えるんだ、わたしは)わがままでもないし、横暴でもないが、むしろ卑屈と言ってもいいほどに控え目ではあるが、しかし庭ほど、自己中心的な人間は珍しかった――『他人はすべて状況の構成要素だ』と言い切れる彼女にとって、だから、『最終的に生き残れば勝ち』という十二大戦の基本ルールは、思いの外《ほか》なじむものだった。『どんな願いでもたったひとつだけ叶えることができる』という、十二年に一度開催されるこの十二大戦を、特別には捉えず、あくまでも日常生活の延長線上だとしか捉えていない者は、十二人の参加戦士のうち、あるいは彼女一人だったかもしれない。（さて……）と、そんなわけで、『死体作り《ネクロマンチスト》』の戦士である『卯』の、『亥』の戦士の死体を使った、さながら鮎の友釣りのごとき囮《おとり》作戦の全容を、庭は『戌』ほど掘り下げて理解していたわけではなかったが、『死体を戦略的に使う』というそのおぞましさについて、特に思うところがないという点においては、彼とさして変わらなかった。『卯』の戦士の、えぐ過ぎる雰囲気を感じ取る感受性はあったけれど、それもやはり、ひとつの状況だ。状況は、状況でしかない。事実、庭はその状況を巧みに利用した。『死体作り《ネクロマンチスト》』の情報を『戌』の戦士に流すことによって、彼に危機感を抱かせ、隠れ家からまんまとおびき出し、結果、秘薬『ワンマンアーミー』を、庭に処方させることに成功した。ピンチに対処するのではなく、ピンチを利用する――結果、彼女は自身の頼りないステータスを、一時的に、カンストまで上昇させた。その効果が切れる前に、どうにか大戦に決着をつけてしまいたい――が、ここで調子に乗って、そのあふれるパワーをもって、ふらふらと道路を歩く『亥』の死体と戦おうとはしない。慣れないパワーでいきなり実戦に挑むほど、庭は向こう見ずではない――と言うより、こと、この状況においては、彼女は『亥』に、接近する必要がないのだ、もっといい手があるのだから。『戌』に対しては、『卯』の『死体作り《ネクロマンチスト》』による『歩く死体《ウオーキングデッド》』を、必要以上の脅威として伝えたが、実のところ彼女にとっては、脅威ではあっても、それはなんとか対処できる範囲の脅威なのだった――要するに、同盟を申し込みながら、庭は『戌』に、毫《ごう》ほども腹を割っていなかったということなのだが。（腹を割るのは、宝石を取り出すときだけってことだよね――）もっとも、それだって腹を割るのではなく、庭は、頭を割ったのだけれど。（じゃ、鳥さん達……お願いね）と、庭は手にしていた鋤《すき》『鶏冠刺《とさかざし》』を、すいっと動かす。楽団の指揮者が振るう、タクトのように――一見、ただ、それだけのことで、何の変化も起こらなかったけれど、しかしその数秒後には、事態は劇的に展開した。よろつきながら道路を歩く『亥』の真上から、つんざく羽ばたきの音が降ってきたのだ――音に続いて『落下』してくるのは、大量の鳥である。雀《すずめ》や燕《つばめ》や烏《からす》や鳩《はと》や雲雀《ひばり》や鳶《とび》や鷹《たか》や蜂鳥《はちどり》や時鳥《ほととぎす》などなど、ありえないほどのバリエーションに富んだ異様な様相を呈す鳥の群れが、上空から『亥』めがけて、豪雨のように降ってきたのである。

「『啄《ついば》んで殺す』――」

その様子を直視しながら、呟く庭。このゴーストタウン付近を飛んでいた鳥達が集合し、一斉に、『亥』の肉体を、死体を、その嘴《くちばし》で啄む様子を直視しながら、「――鳥葬《ちょうそう》」と。『戌』の戦士で言うところの秘薬『ワンマンアーミー』、彼女にとっての隠し技である。と言っても、本来の用途は、戦場における『死体の後始末』だ。戦士の誰もが頭を悩ます、『ゲームと違って、倒した敵の死体は、消えてなくなったりはしない』問題を、すっきり解決するすべを、彼女は持っているのだった――立つ鳥跡を濁さずと言うか、『鳥に食べさせる』というすべを。上空からの鳥瞰視《ちょうかんし》『鵜《う》の目鷹《たか》の目《め》』にしたところで、この『鳥葬』とセットでの互恵関係である。『鳥さん達』に、定期的に『食事』を提供することで、庭は情報の提供を受けているのだった。隠しているのは、単に、他の戦士が殺した死体の処理まで押しつけられてはたまらないという理由からだけだったが、しかし、この『鳥葬』が、『死体作り《ネクロマンチスト》』相手には、極めて有効に作用することは、戦略を練ることが苦手な庭でもわかった。鳥達を指揮して生きた人間を襲わせることはさすがに難しいが、相手が死体ならば、それは『鳥葬』の範囲内で、『鳥さん達』との契約の範囲内だ――むしろ『歩く死体《ウオーキングデッド》』にとって、天敵とも言える。実際、数百羽の鳥に襲われた『亥』の死体は、あっというまに骨だけになって、その骨も、またたくまに鳥達に持ちさられた――巣の材料にでもされるのだろうか。むろん、死体と言っても歩く死体だし、十二大戦に参加する、選ばれし戦士の死体である。数が多いとは言えただの鳥獣類に、無抵抗で殺されはしなかった。『亥』の死体がなくなった代わりに、数十羽の鳥の死骸が、あたりには散らばっていた。羽ばたきでその音はかき消されていたけれど、どうやら機関銃で反撃していたらしい。その機関銃も、今となってはむなしく道路に転がるばかりだが……。(『亥』の戦士の特殊技能は、『湯水のごとく《ノンリロード》』だったっけ……)それもまた、『戌』から教えられるまでもなく、『鳥さん達』から聞いて、彼女があらかじめ知っていた情報だったが、こうして見る限り、どうやら『機関銃をいつまでも乱射し続けることができる』という『弾切れ知らず』の技能は、撃ち落とされた鳥の死骸の数からして、死体となったあとも使えるらしい。なんとなく、死体になれば、生前のスキルは使えなくなるものと予想していたが……、危ないところだった。ステータスのカンストに溺《おぼ》れて、獲得したパワーを試そうとかしていたら、たぶん、全身を蜂の巣にされて死んでいた。勘違いで死ぬところだった。(でも……これで、ただでさえ少なかった鳥さん達が、更に減っちゃった)理想的なことを言うなら、鳥を使役できる庭は、すべての戦士に監視をつけ、十二大戦の戦況を完全に把握することができるのだけれど、しかしそれは、大量の鳥がいてくれてこその理想図である。ゴーストタウンとは言え、やはり元が都会なので、その絶対数も、種類も、郊外に比べて圧倒的に少ない——その数がより一層目減りしてしまった。呼び寄せられる鳥の数にも限度がある。『鳥さん達』に、別に愛情があるわけではない庭は、自分の代わりに犠牲となった彼らの死を、特に悲しんだりはしなかったけれど、困ったことになったとは思った。そしてもうひとつ困ったことがあって、それは、鳥達は、鳥達の死骸には、手を……嘴をつけることなく、飛び去っていったことだ。基本的に食欲旺盛な彼らは、『食べ残し』はしないはずなのだが——つまり、(おなかいっぱいに、なっちゃったみたいね)ということだ。だから今、もしも『巳』の死体と遭遇したとしても、『鳥葬』は使えない。しばらく間を置かなければ。(じゃあ、ここは離れたほうがよさそうだね……鳥さん達には、通常の監視体制に戻ってもらおう)当座のところは、死体をひとつ『処理』したことに満足し、彼女は移動を開始した。

2

そこまで考えがあって、庭は、『亥』の死体を始末したわけではなかったけれど、ここで変に欲張らず――つまり、『亥』の死体をしばらく泳がせて、『卯』や『巳』と合流したところを一網打尽にしよう、などとは考えず、確実に、ラビット一味の勢力を削《そ》いだことは、十二大戦の流れを、少し変えた。『戌』が危惧していた通り、決して裏切り者の出ないチーム作りが可能な『死体作り《ネクロマンチスト》』の技能は、放っておけばあっという間に、十二大戦を終わらせてしまいかねないほど、凶悪に強力なものだったからだ――その邁進《まいしん》に、始動した直後に制動をかけた庭の手柄は、あまりに大きい。『卯』がどれほど危険な戦士であろうとも、配下が『巳』一人では、そうそう大胆な手は打てない。『亥』を刺したときのような奇襲は、そううまくはまるものではないのである――あれは近くに『巳』の死体が、最初から転がっていたスタート地点だからこそ、決まった奇襲だ。そうでなければ、『亥』も、ああも呆気《あつけ》なく、敗退はしなかっただろう。つまり、『卯』もしばらくの間は、様子見のスタンスに入らざるを得ない――『酉』の戦士・庭取の小賢しい一連の行動は、十二大戦に完全なる膠着《こうちやく》状態を作ることに成功したのだった。そして膠着状態の中でもっとも有利なのが誰かと問えば、答は『鵜の目鷹の目』を持つ、彼女である。鳥の数は限られていても、時間をかければ、他の戦士が潜《ひそ》んでいる場所は、いずれは判明するのだから。……もっとも、ここで問題となるのは、彼女自身が、その有利さを、あまり自覚していないことだった。劣っていること、未熟であること、総じて不利であることを苦にもせず、むしろ利用して戦ってきた戦士は――『自分が有利な環境』に、あまりに慣れていなかったのだ。もちろん、その立場に気付けば、それなりに対応するだろうが、しかし、あたかもそうした間隙《かんげき》を突くかのように、「よう、おねーさん」と、その声はかけられた。

『亥』の死体を、ある意味供養した道路から、かなり離れた場所にあった、コンビニエンスストアの店内でのことである。鳥達の『食事』を見てあてられたというわけではないが、自分も腹拵《はらごしら》えをしようと思ったのだ。戦闘中につまみ喰いなど不謹慎だと考えるタイプの戦士もいるが、庭は、腹が減っては戦ができぬ派だった。幸い、店内の陳列棚に商品は置き去りにされていたので、ほくほくと水と食料を選んでいた、まさしくそのときだった――見れば、そこに立っていたのは、まだ十代とおぼしき少年だった。集合場所で、ずっと眠そうにしていた、半分くらいは本当に寝ていた、あの少年である――十二戦士の一人。「わ、わわっ!」と、咄嗟《とっさ》に身構える庭。『鶏冠刺』の切っ先を相手に向ける。線の細い、体格がいいとは言い難い少年だし、ステータスをアップさせている今の庭なら、肉弾戦でも戦えるか? せめて『視点』を増やすために、応援の鳥を呼ぶか? 「よせよ……、戦うつもりはない」と、例の気怠《けだる》い調子で、少年は言った。両手を挙げて、降参のポーズまで取る——しかし、そんなの、信用できたものではない。「ど、どうしてここにわたしがいるとわかったんですか！」「わかってないよ……、俺もあんたと一緒で、ただ食べ物を漁《あさ》りに来ただけだ」ただのバッティングだと言うのか。もしも自分が有利な立場にいると知っていたら、その立場を確実なものにするために、庭だって一食くらいは我慢して、うかうかとコンビニに寄ったりはしなかっただろうが。偶然と言えば偶然なのだろうけれど、これは庭の不注意が招いた偶然だった。万全を尽くしていれば避けられたはずの偶然に、忸怩《じくじ》たる思いを抱いていると、「まあ、せっかく会えたんだ……、名乗っとくわ」と、少年は言った。

「『子《ね》』の戦士——『うじゃうじゃ殺す』寝住《ねずみ》」

「…………」呼応するようにこちらも名乗るのが、戦士としての礼儀だったが、しかし、驚きに、庭は名乗り損ねた。（『子』だったの、この少年……、こんな子供が）あそこの一族は、かなり特殊だと聞いていたし、『鵜の目鷹の目』による事前の身辺調査でも、何も出てこなかった……。「おねーさんは?」と促《うなが》されて、「あ、と、『酉』の戦士、『啄んで殺す』庭取だよ」と、間の抜けた感じに、遅ればせながら名乗る彼女に、「ふーん」と、無遠慮な視線を投げかけてくる少年——寝住。眠そうな目だ。「ああ、そう言えば、あんた、あのとき、手を挙げてたよな？」「あのとき……？　ああ、うん」忘れかけていた。そんなこともあった。「あのときね。あのとき。そうだけど？」『申』の戦士が、同志を募《つの》ったとき——庭はあくまで、裏切るつもりで手を挙げていただけだったが、そう言えば、この少年もあのとき挙手していた。どころか、彼が最初に挙手したから、庭があとに続きやすかったという流れだった。「そ、それがどうかしたの？」「ついてきなよ、おねーさん」と、『子』は言った。「『申』のところまで、連れて行ってあげる」

3

連れて行かれたのは、またしても地下だった。ただし今度は、その気になれば鳥でも這入《はい》れる地下駐車場とかではなく、マンホールを開けないと這入れない、下水道の中だった。なんというか、定番と言えば定番の隠れ場所ではあるのだが、しかし街全体がゴーストタウン化して、ある種どこにでも隠れ場所がある選び放題な状況の中で、あえてこんな好環境とは言いにくい場所をセレクトするというのは、盲点と言えば盲点である——少なくとも、こうやって案内されない限り、なかなか庭には見つけることができなかったであろう『隠れ家』だった。むろん、電気はついていないし、臭いは酷《ひど》いし、長時間過ごすアジトとしては、できることなら避けたいという意味でも、やはり盲点となるが……。「あ、お帰り、寝住くん。食べ物は手に入った？　って、あれ？　その子は？」半信半疑、と言うより、疑いっぱなしだったけれど、果たして『申』の彼女は、本当にそこにいた。まるでピクニックにでも来たかのように、レジャーシートを敷いて、その上に座っていた。その溌剌《はつらつ》とした陽気そうな雰囲気は、ここが下水道であることも、今が殺し合いの最中であることも、わからなくなってしまいそうなそれだった。「うん」と、短く『子』の少年は頷《うなず》く。「いたから、連れてきた」説明が簡素過ぎて、それでは何も伝わるまい——と、庭は困ったような気分になる。（人を強引に、こんなところまで連れてきておいて……参ったなあ）と、毒づきたくもなるが、しかし『子』は、それほど強引に、庭をいざなったわけでもなかった。むしろぶっきらぼうに、多くは語らないまま歩き出したその背に、勝手に庭がついてきてしまったというような形だ。（それにしても、隙《すき》だらけの背中だったよね……）たとえ、『戌』の秘薬『ワンマンアーミー』で、パワーアップしていない、スタンダードな条件下の庭でも、容易に刺せたんじゃないかと思うような、がら空きの背中だった。スタート地点である廃ビルの展望室で抱いた第一印象と変わらない、とても戦士とは思えない、ただの十代の少年の、殺さないほうが難しいような後ろ姿だった。（だから、かな……、うっかりついて来てしまったのは。そうでなきゃ、少しでもこの子に戦士らしい風格があったら、殺していたかもしれない。どうとでも殺せると思ったから、殺さなかった……その気になればいつでも殺せるから……）攻撃を誘発されなかった、という意味では、一瞬の緩みをついて殺すしか選択肢がなかった『戌』よりも、生き残る才能には長《た》けているのかもしれない、なんて評価も、しようと思ってできないわけではないが——庭がいまいち評価を下せずにいるのに構う風もなく、『子』の彼はレジャーシートの上にごろりと寝転がって、頭の後ろで手を組み、足も組んで、目を閉じる。「こらこら。寝住くん？」『申』の彼女が、たしなめるように言ったが、少年はただうるさそうに、「出歩いて疲れた。おやすみ。あと任せるわ」とだけ言って、それ以上喋ろうともしなかった——早くも寝入ったらしい。『どんな場所でも、ことあるごとに眠れること』は、戦士の重要な資質であると、そう言えば聞いたことがあるけれど、しかしそれは、『休めるときに休んでおけ』というような意味であって、戦いの中でも頓着せずに眠れることが戦士の資質であるという意味ではないはずなのだが。（でも、話してみても何も思い当たらなかったし……、前にどこかで見たような気がしたのは、やっぱり気のせいだったみたいね）

「本当、困った子だなあ」と、『申』は呆れたように言って、それから庭のほうへと、膝ごと向いた。「ごめんなさいね。悪い子じゃないみたいなんだけれど」「あ……いえ、うん……。いいですよ……別に」「あのとき、手を挙げてくれてた子だよね。えーっと、私のこと、知ってる？」「さ、『申』の戦士とだけしか……」『戌』のときに言ったのとは違い、これは本当である。『子』の少年もそうだったが、『申』の家系については、謎が多過ぎて、『鵜の目鷹の目』

の調査能力をもってしても、事前に探ることは難しかった。無愛想な『子』と、人懐っこい感じの『申』と、タイプは違うけれども、二人とも、そういう意味では庭から見たら、『得体の知れない不気味な奴』である。要警戒対象ではあるけれど、しかし、警戒ばかりしていても始まらない。気弱だけれど弱くなく、強くなくとも強かに。「そ」と、『申』の彼女はにっこりと笑う。戦場で、殺し合う相手に浮かべるような笑顔ではない。「それじゃ、自己紹介するわね」と言った。

「『申』の戦士――『平和裏に殺す』砂粒《しやりゆう》」
「『酉』の戦士――『啄んで殺す』庭取」

今度はちゃんと名乗りをあげられた。それにしても、『平和裏に殺す』とは、言いも言ったりという感じである。ひょっとして、のっけからのあの停戦勧告は、チームを作るための方便とかじゃなくて、本気だったのだろうか。(いや、そんなわけがない……怒突さんも思い違いをしていたみたいだけれど、十二大戦を、みんなで協力して切り抜けようなんて、そんなことを本気で考える奴がいるわけないもんね)とつおいつ、そんな風に考えつつ、気を引き締め直す庭に、「庭取さんか。そっか、初めましてー」と、気さくに彼女は、いかにも裏のなさそうな口振りで言う。「あのとき、賛同してくれてありがとう。こうしてちゃんとお話できて嬉しいよ」「う、うん……」「あのあと、みんながバラけちゃったあと、寝住くんと合流できてさ。とりあえず、彼の裁量でここに隠れたんだけどね」そう言って、眠る少年を見遣《みや》る『申』。なるほど、確かにこの手の下水道は、鼠《ねずみ》の通り道である。「あのとき、手を挙げてくれてた戦士と、うまく集合できないかなって思ってたんだけど……、よかった、まずは、あなたと会えて」「そ、そう……、わたしも、嬉しいです。うん」まさかあのとき手を挙げたのは、早々に裏切って戦局を優位に進めたかったからだとは言えず、そんな風に応じる庭。どうも、地下駐車場で『戌』を相手にしたときとは、勝手が違う。あの噛みつきの戦士からは、あわよくば庭を利用し、殺してやろうという心算が見え見えだったけれど、『申』の彼女からは、そういった、人として当然備えておくべき悪意のようなものが、まったく感じられない。庭と再会できたことを、心から喜んでいるとしか思えないのだ。(なら、殺せるか?)彼女が本当に優しい人間で、彼女が本当に平和を願っているのなら、それは庭にとっては、殺すのが簡単だという意味を持つ。『戌』のときのように、油断させようと、こちらを軽んじらせようと、過度に道化を演出する必要もなく、普通に殺せる。『子』の少年を含めると二対一だが、ステータスがストップ高である今の庭ならば――ただ、ここでもまた、この『その気になればいつでも殺せる』という立場が、余裕を生み、彼女を攻撃行動に移らせせなかった。『殺せるときに殺せる奴を殺す』が、戦場のモットーなのに、やはり彼女は、『優位な立場』そのものに不慣れだった。否、庭が本当に不慣れなのは実は『優位な立場』ではなく、『申』のような、裏表のない人間である。戦士でも、一般人でも――そんな人間と、彼女はかつて会ったことがなかった。「なんとか、あのとき手を挙げてくれてたみんなと、合流したいんだけどね――」「…………」既《すで》に戦いが始まってしまった現状でも、彼女はまだ、誰も傷つけない、戦わずに済む必勝法を考えているというのだろうか？ あのとき、手を挙げていた戦士は……、確か、この場にいる『子』と庭を除けば、あと三人いた。『丑』の戦士と、巨漢の『午《うま》』の戦士……そして『卯』の戦士である。（まさか、明らかに、統率を乱すために挙手したと思われる『卯』まで、数に含んではないよね……？ そんなの、人が良過ぎるどころじゃない。わたしから見ても馬鹿だ）ただし、それを言うなら、庭だって、『申』の案に賛同していたわけではなかったし、『丑』と『午』だって怪しいものだ。そこで寝ている『子』の少年にしたところで、内心は知れたものではない――たとえ『申』が本気で、不戦不殺の決着を望んでいたとしても、やはりそんな絵空事、実現するわけがないのだ。「庭取さん、ここまで、誰か見かけなかった？ 今、地上はどんな感じになってるの？」「……もう、何人か、死んでます」正直に言うことはなかったのだろうが、しかし、答えてしまった。彼女のそんな真摯《しんし》さを、理想主義を、へし折ってやりたいという意地の悪い感情もあったかもしれない。「わたしが知っているだけでも、『亥』と、『戌』が殺されてます――最初に死んでた『巳』も合わせると、もう、最低三人も、脱落していることになります。十二人のうち、三人……四分の一も」『戌』を殺したのが自分であることは、さすがに言わなかった。手の汚れや返り血は、ちゃんとぬぐってあるし、バレないはずだ。彼女が露出の多い服を着ているのは、なんのことはない、『返り血を落としやすいように』である。「それでも、砂粒さんの必勝法は、使えるんですか？」「使えるわ。まだ、その詳細をつまびらかにするわけにはいかないけれど……そう、あれからもう、二人も死んじゃったんだ……残念だわ」本当に残念そうに言う。その事実に、ショックを受けたことを隠そうともしない――強がろうともしない。「他にも、犠牲者は出ているかもしれないわよね。そっか、じゃあ、もう動かないとね……腹拵えをしたら、すぐにでも。一緒に食べるよね、庭取さん？」「…………」断られることなんて考えてもいなさそうな無邪気な誘いに、庭取は応じようか、それとも戦闘に入ろうか、咄嗟には決断しかね、そして――

4

そして五分後、庭は一人、地上に戻っていた。貴意には添えないと、食事の誘いを丁重に断り、『申』と『子』に別れを告げて――いや、寝入った少年は、とうとう最後まで起きることはなかったので、事実上、庭が地下でコミュニケーションを取った相手は、『申』だけだったと言える。（本物の間抜けか、わたしは……、適当に話を合わせておけばよかったのに）それなのに、食事の誘いを断るだけでなく、仲間になれないことも告げて——（強かで小賢しいわたしは、いったいどこに行ってしまったんだ？）当然あそこは、仲間になった振りをしてお近付きになって、暢気《のんき》なことを述べていた彼女と寝ていた少年を、さくっと『鶏冠刺』で貫いておくのがセオリーだっただろうに。それなのに、まるで『串』の平和主義に、毒されてしまったかのように——人を疑うことを知らないまっすぐな瞳に、逆に射抜かれてしまったかのごとく。「そう。残念だわ。だけど、気が変わったら、いつでも戻ってきてね。私はいつだって待っているから。どうかぎりぎりまで、諦めないで」悲しそうに、だけど優しくそう言った『串』の言葉が、今も胸に突き刺さったままのように、庭を苦しめる。（たぶん、『ワンマンアーミー』のせいだ……、あの秘薬が、わたしのステータスだけじゃなく、メンタルまで引き上げてしまった……、馬鹿なわたしの、頭までよくしてしまった。なまじっか能力を限界まで引き上げてしまったことで、わたしはわたしのわたしらしさを失ってしまったんだ。だからあんな、親切みたいなものに、誠意みたいなものに、実在しないものに——ずたずたに痛めつけられた。愚か過ぎる。強くなって、結果ナーバスになって、どうするんだ……）

実際のところがどうだったのかは、永遠の謎だ。秘薬『ワンマンアーミー』の毒の巡りによって、元々ずたずただった庭の精神性が一時的に修復され、それゆえに強かだった彼女らしさが失われてしまったという仮説は、さほど牽強付会《けんきょうふかい》でもない。しかし、その説をつぶさに検証する前に、彼女は出会ってしまった。それもまた、『鵜の目鷹の目』で周囲を上空から監視していたなら、避けられた出会いだったが。「一人かね？」「！」振り向けば、そこに立っていたのは――十二戦士の中で、もっとも有名な戦士。十二戦士の中で、もっとも高名な戦士。戦士の中の戦士、『丑』だった。『戌』の前ではとぼけて知らない振りをしたけれども、もちろん、彼のことを知らないわけがない。『鵜の目鷹の目』を使うまでもなく、いやしくも戦場に身を置く者ならば、彼を知らずにいられるはずがない。（ただし、その実力を、本当の意味で知っている者はいない――なぜなら、彼と対峙して、生き残った『敵』はいないからだ。『皆殺しの天才』――）「一人かね、と訊いたのだが、答えてはもらえないのかね？　もし、仲間がいるのならば、紹介してもらいたいのだがね。ああ、これは何人がかりでも構わないという意味だがね？」「……………」見れば――彼の、無造作に持っているサーベルや、『丑』の戦士としての衣装が、赤く染まっていた。明らかに自分のものではない量の血の色に、彩られていた――それを隠そうともしていない。『戌』の返り血をぬぐって、ここぞと戦いの痕跡を隠蔽した庭と違って――ステータスを無理矢理アップさせた庭と違って、自分を偽ることも、自分を変えることも、まったく必要ないと言わんばかりの、堂々とした佇《たたず》まいだった。（そして、返り血を浴びているということは――既にこの男、誰かと戦っている）噂が、いや伝説が本当ならば、その対戦相手は、既に絶命していることになる。「あ、あなた……平和主義者じゃ、なかったの」「それは『申』の彼女のことではないのかね？　あの時点では、チームを組む意味は確かにあったが、全員が離散してしまった時点で、その意味はほとんど失われたよ――和平案は既に停頓《ていとん》したのだよ。ん？　脈絡なくその話が出たということは、ひょっとして『申』の彼女が、この付近にいたりするのかね？」頭の回転も速い――ドーピングなどするまでもなく。その発言を受けて、「………！」と、庭は『鶏冠刺』の先を、『丑』に向けた。「おやおや？　そういうタイプには見えなかったがね……それはまさか、『申』を守るために戦おうという態度かね？『ここを通るなら、わたしを倒してからにしろ』かね？　やめておきたまえ。そのモチベーションではきみは強くなれない。それはきみの正しさではない、誰か他の者の正しさだ。きみは自分のためだけに戦うべきだがね」思っていることをそのまま言っているだけと見える『丑』の口調に、まったくその通りだと同意する庭。しかし、名乗らずにはいられない。

「『酉』の戦士――『啄んで殺す』庭取」
「『丑』の戦士――『ただ殺す』失井《うしい》」

一瞬で決着した。いや、瞬《まばた》きを一回する暇もなかった――目を閉じることさえ許さず、『丑』が放ったサーベルの二突きは、庭取の両目を、ほぼ同時に、正確に刺し貫いた。引き上げられたステータスも、らしくないモチベーションも、単なる強さの前には、何の役にも立たなかった。『丑』と差し向かいになった時点で、彼女の命運は尽きていたのだ。（わ、わけがわからないほど――強い）技術も、戦略も、嘘偽りも、駆け引きも、変化も、強化も、そして何より状況さえも、まったくもって必要としない天才の前に、『酉』の戦士は敗北した——強さの前には強かさなど、何の意味も持たなかった。（あーあ……、まあ、こんなもんだろ、わたしは）期せずして、ちょっとだけ『いい奴』っぽい死に際になったことに、もちろん満足などできるわけもなかったが、しかし、熟練の戦士の振るう刃筋で、痛みも感じず、苦しまずに死ねることは、彼女が生きてきた人生の中で、もっとも幸せな出来事なのかもしれなかった。（今まであありがとうね。そろそろ、おなかすいたでしょ。わたしの死体を……）最後の意識で、彼女は思う。（食べていいよ、鳥さん達）

（〇丑―酉●）

（第三戦——終）

第四戦

敵もさる者ひっかく者

砂粒《しゃりゅう》◇『平和が欲しい。』

本名・柚木美咲《ゆうきみさき》。七月七日生まれ。身長150センチ、体重40キロ。とある霊山において生を受けた彼女は、水猿《みざる》・岩猿《いわざる》・気化猿《きかざる》という三人の仙人から、戦士としての手ほどきを受ける。液体・固体・気体を自在に操る彼女の戦闘能力は、本来、極めて高いが、しかし彼女は、学んだ仙術を、人を傷つけるために使ったことはない。平和主義者の戦士という、矛盾した生きかたを自ら選んだ彼女は、これまで314の戦争と、229の内乱を、和解に導いてきた。武器は停戦交渉と和平案。『敵を倒す』というわかりやすい形では手柄をまったくあげていないので、戦士としての知名度は格段に低いのだが、知る人ぞ知る比類なき英雄である。そんな彼女もプライベートでは普通の女の子であり、趣味はお菓子作り。自分で作ったデザートはおいしくて、ついつい食べ過ぎてしまう。同棲中の恋人とはもう五年の付き合いになり、そろそろ結婚を考えている。

1

「あの際《きわ》どそうな……もとい、気弱そうなおねーさん、たぶん今頃、死んでるんだろうな」と、いつから起きていたのか、『子』の少年が出し抜けにそう言ったので、砂粒は、食事をいったん中断した。そして穏やかに問う。「なんで、そう思うのかな？　寝住くん。それがひょっとして、きみの戦士としての才能なのかな？」「才能ってほどじゃないよ……、こんなのは、誰にでもわかることだ」気怠《けだる》そうに、寝そべったままで答える少年。「ただまあ、そうだな。鼠《ねずみ》って生き物は、沈みそうな船からは逃げ出すっていうもんな……。死相って奴が、人からも見えるのかもしれないぜ」「…………」「でも、もしも」と、彼は続ける。そこには感情らしきものは見えない。見えるとすればせいぜい、眠気くらいのものだった。「あいつが死んだら、あんたのせいだよな。砂粒のおねーさん」「……それも、なんで、そう思うのかな？」「腕が立つって風には見えなかったが、あれでも戦士だ——十二大戦を生き残る資格は十分にあったはず。だが、あんたと話しているうちに、あのおねーさん、どんどん、弱くなっていった——気弱なだけだった戦士が、弱々《よわよわ》の戦士になった。あんたの『善意』に、感化されたせいだろう……あれじゃあ、一般人にだって殺される。あんたの毒気のなさは、小悪党には猛毒なのさ」そう言われて、砂は、（この子、本当にいったい、いつから起きていたんだろう？　絶対に寝てたと思ったんだけど……）と疑問を抱く。なんにしても、十二大戦の開始直後から、こうして行動を共にしているが、ろくに喋らず、ほとんど心を開かず、まったく意見を言おうともしない彼が、今、初めて自分から話題を振ってきたのだ。いったい、どういう心境の変化があったのだろうか。（……って言うか）「えーっと、寝住くん。ひょっとして、今、私、きみに挑発されてるのかな？　ごめん、私、そういうの鈍くって」「……そうかい。じゃ、この話はやめよう。土台俺には、死相は見えても、思想は見えない――俺があんたに感化されることだけはないから、そこは心配しなくていい」やっぱり、よくわからないことを言う。多弁になってくれたことは嬉しいが、しかし、意志疎通が成立しなければ、こんなの、意味のない雑談と同じだ。「だが、本当のところ、どうなんだ？　実際的な話として、あのおねーさんが死んだとしたら、俺達が把握しているだけでも、もう四人の戦士が、死んだってことになる……、三分の一だ。それでも、まだ、あんたの必勝法は有効なのか？」「有効だよ。救える人数が減っちゃったのは、残念だけどね……でも、誤解しているみたいだから、一応言っておくけれど、私が考える必勝法って、ひとつじゃないから」「！　そうなのか？」「ひとつの作戦で十二大戦を停めようって考えるほど、楽天家じゃないよ。私はね。状況に応じて、和平案は変更していかないと」ふうん、と、少年は頷《うなず》く。「まあ……、俺は戦いを停めようなんて、考えたこともないから、その辺はあんたに任せるよ」「ねえ、寝住くん」「なんだよ」「きみは別に、戦いを停めたいわけじゃないんだよね――それに、私に感化されないとも言った。それなのに、気乗り薄とは言え、どうして私の和平案に賛同してくれるのかな？　平和主義者ってわけでも、ないんだろうし」「和平ってんならまだしも、平和ってのは、むしろ嫌いだね」今がチャンスだと思って、答えてくれるとは思わずに投げかけた質問だったが、どこがフックになったのか、思いの外《ほか》すんなりとあった、『子』からの返答。「俺、戦場にいないときは、高等学校に通ってんだけどさ。いるのは、平和ボケしたクズばっかりだぜ。あんなクズどもの生活を守るために命をかけているんだと思うと、心底、嫌になる」「……………」「あんたは嫌にならないのか？　今の世の中、あんたほど人を救っている人間はいない――だけどそれは、そここの比率で、クズも救ってるってことだ。いやむしろ、救われたことで、人はクズになる。戦いや殺し合いは、他の誰かの仕事だって思っている。俺達みたいな戦士は、好きで戦ってるんだと思っている――言いたかねーが、本っ当、守れば守るほど、殺したくなってくるぜ」「……………」「教えてくれよ、平和主義者。あんたはその辺、いったい、どう折り合いをつけるんだ？」いかにも十代の少年らしい、センシティブな悩みだと思った。その感性を幼稚だと、大人になればわかることだと切り捨てるのはたやすいけれども、しかしその感性を持ったまま大人になってしまう人間が、相当数いることも事実である。なので、砂にできることは、正直に、そして率直に答えることだけだった。「折り合いは、つけない。一生悩む」「……なるほどね。聖人の答としちゃ、満点だ。だが凡俗には通じない」そう言って、少年は、ようやくのこと、身を起こした。『通じない』と言われてしまったけれど、しかし砂の言葉は、少しは少年の、かたくなな心を動かせたのかもしれない――少なくとも、上半身程度は動かせた。「ところで、あんた、強いよな？」「ん……、それはまあ、護身術程度には。そうでないと、戦場は渡っていけないからね」「謙遜するなよ……、あのとき、部屋の床を砕いたのは、他ならぬあんたなんだろう？」おっと、見抜かれていたのか――やはりこの少年、ただ者ではない。「別に隠してたつもりはなかったけれど――いや、やっぱり、あったかな。そういう目で見られることになるから」「別に責めてるつもりはない。俺の目つきが悪いのは生まれつきだ……、気にしないでくれ。どうせ、あんたが募った同盟が成立しそうなのを受けて、先制攻撃に出ようとした誰かさんの気配を察し、あの場にいた全員を守るために、床を砕いて場をおじゃんにしたとか、そんなところだろう？」ほぼ正解だった。補足するとするなら、察したのは『誰かさんの気配』なんてあやふやなものではない――はっきりとした、『何者かの殺気』だった。砂が、あの場で十二大戦を早々に畳《たた》んでしまおうとしたのと同様に、一人、あの場で十二大戦を、砂とはまったく逆のアプローチから終戦に導こうとした戦士がいた。砂の判断が刹那《せつな》でも遅れていたら、本当に終わっていたかもしれない。「……へえ。誰の殺気だったのかは、わからないのかい？」「わからないわ。それを探っている暇もなかったから――逃げるだけで、みんなを逃がすだけで、精一杯だった」「だから、謙遜するなってば……、そのときだって、あんたがその気になっていたら……、つまり、逃げようとするんじゃなく、その殺気を受けて立とうとしていたら、そいつを特定し、倒すことができたんじゃないのか？」「……できなかったとは言わない。だけど、私は、そういう力の使いかたはしないの。大きな力には、それにふさわしい正しい使いかたがあるのよ、寝住くん」「正しい、ね。俺は、その殺気を放った奴のほうが正しかったんじゃないかって思うよ。あんたの眠たい和平案よりも、てっとりばやく十二大戦を終わらせることができていたかもしれないいんだからな——あんたは、手間暇をかけて、和平交渉をしたり、停戦を提案したりするけれど、しかし、その大きな力とやらを振るって、戦争を一瞬で終わらせれば、結果、より早く、より多くの人命が救われるとは思わないのか？」「……？　どういう意味？」「だから……、あんたはまあ例外としても……、俺を含め、十二大戦に参加しているような戦士の命を、そこまであんたが骨を折って、守ってやらなければならない理由ってなんなんだ？　どいつもこいつも、さっさと死んだほうが世の中のためになるような奴らばっかりだぜ。どんな命もわけ隔《へだ》てなく大切、とか……、根っからの悪人なんていない、とか……、そんなのは、現実が見えてない奴の言う綺麗事だ」「……それがきみの結論なんだとしたら、寝住くん。きみは戦士なんて、今すぐやめたほうがいい。きみには戦う資格がぜんぜんないから」思ったよりも強い言葉になってしまった。（ん……ひょっとして、これは、挑発に乗ったってことになるのかな？）ただ、そのことにうっすら気付きつつも、砂粒はそのまま続けた。「寝住くん。あなたはさっき、私ほど人を救ってきた人間はいないって言ったけれど、それを言うなら、私ほど、人を救えなかった人間もいないよ。救おうとして、救えなかった人が、いっぱいいる。数え切れないくらい。だけど、忘れられないくらい」「…………」「国が滅ぶのを何度も見てきた。いわれのない虐殺を繰り返し見てきた。正義の蛮行を瞼《まぶた》に焼き付くほど見てきた。人間狩りを、奴隷制度を、仲間割れを、非人道兵器を、人身売買を、姥《うば》捨《す》てを、親殺しを、子減らしを、文化の弾圧を、遺産の大量破壊を、資源の枯渇《こかつ》を、差別と偏見を、復讐と逆襲を、男尊と女卑を、飢餓《きが》と疫病を、見て、見て、見て、見て、見て、見て、見て、見て、見て、見て、見て、見て、見て、見てきた。ずっと見てきた、じっと見てきた。現実を見てきた。その上で私は、綺麗事を言っているの。今のやりかたを選んだの。言葉の力で、戦いを終わらすことではなく、戦いを停めることを選んだの。私自身、何度も酷《ひど》い目に遭ったけれど、それでも、みんなで仲良くしたいって思ったの。みんなと幸せになりたいって思ったの」砂粒は優しく言った。「綺麗事なめんなよ、ボク」

2

少年はまた黙り込んでしまった——と言うか、寝てしまった。まさか、反論を受けて拗《す》ねてしまったわけでもないだろうけれど、（ちょっと、言い過ぎちゃったかなあ）と、砂は反省する。やはり、子供は扱いが難しい。二人きりというのも、こうなるとなんだか気まずかった——偉そうなことを言っても、それに、英雄なんて呼ばれても、子供一人とまともなコミュニケーションを取ることもできないなんて、情けない限りだ。（まあ、私もまだまだ未熟ということだよね）では、未熟者なりに考えるとしよう——ここからどうするか、だ。みんなが落ち着いたところで、もう一度和平案を提示しようと思っていたけれど、『酉』から聞いた地上の状況を信じる限り——ここで信じないという選択肢は、彼女にはない——想定していたよりも、十二大戦はずっと進行が早いらしい。既《すで》に三人の犠牲者が出ていて、『子』の当て推量も信じるならば——こちらはあくまで当て推量なので、臆断《おくだん》は禁物と言うか、まだ合理的な疑いが残るが——『酉』もまた落命しているという。残る十二戦士は、この場にいる『子』と『申』を除けば、最大でも六人。（こういうところが甘いと言われるんだろうけれど——戦士同士の殺し合いに、こうも積極的な戦士が、多数いるっていうのが、意外なのよね。『どんな願いでも叶う』なんて言っても、命あっての物種だし、そもそも、こんな大戦に望みをかけなくとも、大抵の願いなら、自力で叶えられるだけの才覚を持つ人達ばっかりなんだから）たとえば、『酉』が別れ際に教えてくれた情報によれば、『卯』の戦士は『死体作り《ネクロマンチスト》』であり、死体を率いて戦うことができるという——しかしそんな技能を持っているなら、個人的な願いで、彼に叶わない願いはないだろう。それなのにどうして、命をかけて戦おうとする？……まあ、ノミネートされてしまえば強制参加の大会なので、否応《いやおう》はないのだけれど、それでも、積極的に大戦に臨むか、消極的に臨むか、スタンスの違いは現れるはずだ。だからこそ運営組織も、毒の宝石を呑ませたりなんだり、大戦進行のための手を打っているはずだが――こんな進行スピードになるなら、あれこれ手を打つ必要はなかったくらいではなかろうか。(決断しなきゃ駄目だね……もう少しタイミングを見るか、それとも、もう地上に出るか、迷うところだけれど――ん?)

迷うところだけれど、しかし、迷わなくてよくなった――ではなく、迷う余地がなくなった。狭い下水道の中は反響するものだが、それを差し引いても、無視できないほどの『音』が、どこかから聞こえてきたのである。反響するゆえ、その発生源はわかりにくいが、しかし、『何か』がこちらに近付いてくるのは確かだった――「寝住くん、起きて!」「んー……、あと五分……」背中を蹴《け》って叩き起こした。「いって……、暴力反対じゃないのかよ……」と言いながら身を起こす『子』。「ん……なんだ、この音。ヘリか何かか?」まさか下水道にヘリもあるまいが、しかし、その表現がもっとも近いのも確かだった。空気を容赦なくずたずたに切り裂くような音――切り裂かれた空気が、更にずたずたに切り裂かれている。『音』同士が、影響し合っている――つまり、近付いてくる『何か』は、ひとつじゃない? 砂が推測できたのはそこまでだった。答を導き出す前にその答が、思考速度よりも速く、彼女達のところまで到達したからである――もっとも、たとえ時間があったところで、その異様な光景を、彼女がイメージできていたかどうかはわからない。世界中の戦場を見て回った砂をして、こんなものを見るのは初めてだった。

『音』の正体は、『羽音』。大量の鳥の羽ばたきだった——否、大量の、鳥の『死骸』の羽ばたきだった。

種々様々な鳥の『死骸』が、下水道の中を、群れをなして飛んできたのである——そして砂と『子』の少年をすかさずロックオンしたかのように、群れはその場でホバリングした。「ね……『死体作り《ネクロマンチスト》』？」唖然となりつつも、咄嗟《とつさ》にそう連想できただけでも、砂は大したものだっただろう。「と、鳥の死体を、使役して……？」地上の様子をほぼ把握できていない砂には、それ以上のことはわかるべくもないが、その鳥達は、言うまでもなく、かつては『酉』の戦士が使役していた鳥の群れである。『亥』の死体を、彼女が隠し技『鳥葬《ちょうそう》』にて襲わせた際、『亥』の二丁機関銃『愛終《あいしゅう》』と『命恋《いのちごい》』から放たれた、『湯水のごとく《ノンリロード》』による反撃の弾丸によって撃ち抜かれ、落命し、墜落した鳥達だ。ここで重要なのは、彼らを殺したのは、『亥』の弾丸でこそあるものの、『亥』はそのとき、『死体作り《ネクロマンチスト》』である『卯』の戦士の支配下にあったということである。殺した相手を自分の配下に置く『死体作り《ネクロマンチスト》』——それは対象を別段人間に限っていないし、また、操る死体が殺した死体もまた、彼の支配下に入るという意味だった。

『支配下』――本人に言わせれば『お友達』。いずれの表現を採用するにしても、確固たる事実として、『亥』が食われる前に撃ち落とした数十羽の『鳥さん達』は、今となっては、今は亡き『酉』の戦士の眷属《けんぞく》ではなく、おぞましき『死体作り《ネクロマンチスト》』の眷属なのだった。「………っ！」傷口から血をまき散らしながら、傷ついた翼で、ホバリングする鳥の群れに、砂は絶句する。自分に向けられているぼろぼろの嘴《くちばし》や、欠けることで鋭さを増した爪に絶句したのではない――動物の死骸を、生き物の尊厳を、こんな風に使う相手に、絶句したのだ。（そりゃあ、理屈はわかる――普通の鳥じゃあ無理でも、その『死骸』なら下水道だって、悠々と『探索』に送り込むことができるっていうのは。だけど、それはあくまで理屈で――）どう言えばいいのか、『これをこうしたらこうなるからこうしよう』というような、何のこだわりも感じさせない、ひたすらシステマティックでどこまでも無感情な、人間味のない戦略――無味乾燥のストラテジー。「やばいぞ、砂粒」と、『子』が言う。こんなときでもその声は気怠そうだ――ただし表情は真剣なので、どうもそれは、ただの地声らしい。「数が多過ぎる。負けることはないにしても、こんな狭い場所で、あれだけの小動物を相手にして、傷をまったく負わないのは不可能だ――こんな不衛生な下水道で負傷したら、かなりの高確率で破傷風になるぜ」「………」わかっている。それもあって、砂はここを隠れ家にすることに賛成したのだから。およそ戦闘には向かない、ある意味の中立地帯として――だが、相手が『死骸』では、そんな精神的なブレーキは、ただただひたすら、こちら側のデメリットでしかなかった。「逃げるよ」言うが早いか、少年の首根っこを乱暴にひっつかんで、砂は走り出した——それを、死骸の鳥の群れは、すぐには追ってこない。そこはあくまでも『死骸』なので、スピードはないらしい。だが、それにしたってこのまま地下にいるのが危険なことに変わりはない。「やめろよ、自分で走れるって」と、照れているのか、そんなことを言う『子』には構わず、一気に梯子《はしご》を駆け上り、マンホールの蓋《ふた》を押し上げて、地上へと出た——出たところに、刃物が襲ってきた。「ふっ！」あらかじめ予想済みだったので、適切に対処する。刃物をぎりぎりでかわしながら、相手の首筋へと蹴りを繰り出す——が、向こうもぎりぎりで、砂の脛《すね》を避けた。否、本来ならば、その脛は相手の首筋に炸裂していたはずだった。平和主義者として知られる砂だが、格闘術にだって秀《ひい》でているのだ、狙った的は、目を閉じていたって外さない。しかし、本来ならば首があるはずの位置に、その首がなければ、首筋を狙った蹴りが当たるはずもなかった——空《くう》を切るしかなかった。（これも、死体——『巳』の戦士——だけど、使っている刃物は——）

アスファルトの上を、『子』の少年と共に転がりながら分析しつつ、砂は体勢を立て直す。

「いててて……」と、『子』がうめいているうちに、砂が正面を向くと、そこには『巳』の戦士の首なし死体と、その隣に、異様な目つきをした異様な風体の男——『卯』の戦士が、立っていた。死体、それも首なし死体である『巳』よりも、その隣に立つ『卯』の戦士のほうが、よっぽど不気味さを振りまいていた。彼の操り人形である『巳』は、ふらふらした手つきで、手にしていた巨大な刃物を、『卯』へと返した——これで彼は両刀となる。

「『卯』の戦士――『異常に殺す』憂城」

一方的にそう名乗ってくる『卯』の戦士。停戦交渉ができるような状況ではないことは明らかだったし、それ以前に、停戦交渉ができるような状態ではないことも、明らかだった。（仕方ない……）「寝住くん。『巳』のほうは、任せてもいいかな？」「……なんだよ。戦うのかよ」「私は平和主義者だけれど、無抵抗主義者じゃないよ。怪我をさせないように制圧して、ちゃんと説得する」「怪我をさせないように制圧するって……、普通に倒すよりよっぽど難易度高いだろうに……、ったく。いつでもそうなんだな、あんたは」「？　いつでもって？」「いつでもは、どんなときでもって意味さ。わかったよ」そう言って立ち上がった『子』。実力のほどは計りかねるが、子供とは言え戦士は戦士なのだ、戦士の死体に瞬殺されるということはないだろう。勝てないまでも、しばらく、引きつけておいてくれたらいい――その間に、砂が『卯』を無力化する。（と言っても、この『死体作り《ネクロマンチスト》』を、どう無力化したものか……）両の刃物を奪うだけでは、とても無力化できたとは言い難《がた》そうだけれど……ともかく、『申』と『子』は、交錯するように臨戦態勢に入った。

「『申』の戦士――『平和裏に殺す』砂粒」

「『子』の戦士——『うじゃうじゃ殺す』寝住」

四人のうち、最初に動いたのは意外なことに、一番緩慢な『巳』だった——『巳』の死体だった。それも、その場から離れるような動きだった——どうやら、混戦ではなく一対一の状態を作りたいのは、向こうも同じらしい。『子』がそれを察して、首なし死体を追っていくのを見送りつつ、無駄とは思いながらも、「あなた、あのとき、挙手してくれてたよね？」と、『卯』に申し出る。「今からでも遅くないから、私達と協調しない？　言ったでしょう？　全員が助かる方法があるんだよ。もしあなたが心を入れ替えて、聞いてくれると言うのなら——」

「…………」

聞いてくれて、いるのか？　わからない。表情からでは、感情がまったく読めない。「優勝して、叶えたい『たったひとつの願い』があるんだったら、それを叶えるために協力するのもやぶさかじゃないよ。みんなで夢見れば、叶わない願いなんてないんだから——」

「…………」

あまりの無反応を、さすがに怪訝《けげん》に思った砂だが、直後、彼はただ話を聞いていなかっただけだとわかる——マンホールの蓋を開けっ放しにしていたのがまずかった。そこから、大量の鳥の群れが、ぶわっと飛び出してきたのだ。（私の話を聞いてくれていたんじゃなくて、ただ、地下からの増援が到着するのを待っていただけか——一対一の状況を作りたかったのではなく、単に、こちらの戦力を分断したかっただけ……）何の思惑も、微塵《みじん》の思い入れも感じられない、パズル細工のような作戦の立てかた……、機械的、というのとも違う。チェスの駒でも操るように——否、チェスどころか、オセロの駒だ。個々の区別なんてなく、単に位置だけが重要というような、一滴の血も通っていない作戦の立てかたである。これまでありとあらゆるタイプの相手と交渉してきた砂だが、今はさながら、宇宙人レベルに文化が違う相手と、交渉をしているようだった。「憂城さん。あなたの願いって——」それでもくじけず、そしてまったく臆することなく言葉を続けようとした砂だったが、彼女の声は羽ばたきの音にかき消された——大量の鳥が、問答無用とばかりに襲いかかってきたのである。下水道よりはマシな環境だが、しかし、野生動物の嘴や爪で傷つけられること自体も、十分危険である。

(ああ、もう——仕方ないな!)

意を決して、砂粒は四方八方から迫り来る鳥の死骸を、はたき落としにかかった。遠目には、闇雲に手を振り回しているようにしか見えなかったが、その実、彼女の動きは確実に一羽ずつ、不死鳥ならぬ死鳥を、地面に叩き落としている——中には空振りもあるのだが、それらはすべて、死骸の動きを制限・誘導するためのフェイントだった。背後からもミサイルのように迫り来る嘴を、振り向きもせずに、的確に撃墜する——しかも、ただ撃墜するのではない、その際、羽骨をへし折り、二度と飛べない措置を施すことも忘れない。砂は、『卯』の戦士の戦闘スタイルを非人間的と思ったが、しかし彼女自身のこの戦いかたもまた、十分に人間離れしていた——おそらく、下水道の中でも、同じことはできただろう。ただ、あのときは子供連れだったから、大事をとっただけで。時代劇の殺陣《たて》か何かのように、ばったばったと鳥を手刀で撃退しつつも、しかし、（やっぱり、気分が悪いわ――死骸とは言え、小動物を攻撃するのは）と、彼女の内心は穏やかではなかった。あるいは、それも狙っていたのだろうか？　先に鳥をけしかけたのは、砂のメンタルを弱らせるためだったのか？　鳥退治をほぼほぼ終え、どこかほっとしたところをすかさず突くように、本命が特攻してきた。『卯』の戦士が、低い姿勢で、巨大な刃物で彼女の胴体を両断せんと狙って。（ああ、そのあたり、胃だよね……）とことん、人間味に欠ける――相手の身体を、ただの、宝石の入れ物みたいに。（なんて危険な精神性――でも、肝心の腕は、まだまだね）どころか、それ自体を単体で見るなら、素人然《しろうと》とした刃の振るいかただ。マンホールから出てくる砂の不意打ちを、『巳』にやらせていたのは、反撃のリスクを避けようとしただけでなく、そういう意味合いもあったらしい。（まあ、『死体作り《ネクロマンチスト》』に、刃物の腕前は不要だもんね――おかげで命拾いしたけれど）メンタルが少しでもダメージを受けたところに、たとえば『丑』のような剣術が迫り来れば、いくら砂でも危なかった。そう思いながらその場で高くジャンプし、地面に対して水平に振るわれるふたつの刃物を飛び越した――否、刃物だけではない、長身の『卯』の頭上さえも飛び越え、そして彼の背後を取った。刃物の扱いかただけではない、足の動き、体の使いかたを見ても、体術は専門じゃないとわかる。砂と違って、背後からの攻撃に対応するなんて高度なことはできないだろう――振り向く暇なんて与えない。そう思いながら、砂は相手を取り押さえにかかった。無力化、制圧――そして改めての交渉。そこまで彼女の頭脳は回転したが、

「ずぶり」

と、そんな『卯』の声が初めて聞こえて、そして自分の肉体の中に、初めての感触がふたつあって——その回転は停まった。「え……」何が刺さったのか、確認するまでもなかったが……、しかし見ずにはいられなかった。だが、見たことを後悔する——華奢《きやしや》な胴体に、取り返しがつかないほど深々と突き刺さった、二本の刃物。刃物が刺さっていると言うより、柄《つか》が生えているよう。『卯』の戦士が、振り向きもしないままに、手首だけを返して、その巨大な刃を、砂に押し込んだのだ。左右の肺を左右の刃で、両方とも潰されている——回転の停まった頭でもわかる、考えるまでもない致命傷だった。窒息死が早いか、失血死が早いか、どちらにしても、死の一文字は避けられない。(ど、どうして……、いきなり、こんな、達人みたいな手技……)狙っていた通り、毒の宝石がある胃を刺すとはいかなかったようだが——しかし、それにしても、あまりにも、だ。まさか、素人の振りをして、砂を騙してみせたのか? フェイント? 否、あれが演技なのだとしたら、戦士ではなく役者の道を歩むべきだ。ならば、どうして——「!」全身から力が抜けていき、肺に刺さった刃物を支えにだらんと、だらしなく姿勢が崩れ、上半身が後ろ向きに反るようになったことで、砂は疑問の答を知った。彼らが戦っていた場所から、少し離れた位置に植えられた街路樹に、まるで大きな実でも生《な》っているかのように――生首がぶら下がっていたのだ。見覚えのある生首……、それもそのはず、十二大戦のスタート地点で誰もが目撃していたあの生首、すなわち『巳』の生首だった。（そうだ……、寝住くんとこの場を離れたのは、あくまでも、『首なし死体』だった）首のほうを、胴なし死体のほうの動向を、完全に失念していた。否、胴体のほうならばまだしも、首だけの死体になんて、本来、何ができるものでもないはずなのだ――それを、この男はあろうことか、木の枝にぶら下げて、さながら監視カメラのように使った。己の背後を見守るために――己の身を守るために利用した。

「背中を任せられる仲間がいるっていうのは、いいものだよね。とっても、とってもいいものだよね」と、振り向かないままに、『卯』は言う。「大丈夫だよ、安心して。命だけしか取らないから――その代わり、きみも僕のお友達になってよ。初めて会ったときから、きみのこと、ずっといいなって思ってたんだ」

3

砂粒がスタート地点で仲間を募ったとき、挙手した憂城を誰一人、本気だとは思わなかった

——平和主義者の砂粒でさえ、その真意を完全に鵜呑《うの》みにしていたとは言えない。だが、『申』と仲間になりたいという一点においてのみ、彼は常軌を逸して誠実だったのである。かくして、ラビット一味に、新たなるメンバーが加わった——命とも言える平和主義を失った、英雄のなれの果てである。

(○卯——申●)

(第四戦——終)

第五戦

羊の皮をかぶった狼

父爺《ひつじい》◇『時間が欲しい。』

本名・辻家純彦《つじいえすみひこ》。八月八日生まれ。身長140センチ、体重40キロ。元々は武器商人で、商売のために戦場に出入りしていただけなのだが、何度も戦禍《せんか》に巻き込まれていくうちに、めきめきと戦士としての頭角を現していき、最終的にはお得意先だった辻家家に見初められて婿入りすることとなった。武器を売り歩きつつも戦い続けた日々も今となっては昔の話で、ここしばらく前線から引いていたのだが、このたびの十二大戦に、愛する孫が出場者として選ばれそうになったのを受けて、自ら名乗りをあげた。十二大戦への出場はこれで二度目となり、当然のことながら、前回参加した第九回大戦では優勝している（ちなみにその際叶えた願いが、『孫の顔が見たい』だった）。現役時代は大型重火器を使って八面六臂《はちめんろっぴ》の大暴れをしていたものだが、最近は手榴弾《しゅりゅうだん》に凝っている。特に彼自身が製作の指揮をとった投擲《とうてき》手榴弾『醜怪送り《しゅうかいおく》』は、武器というよりも最早芸術の域だと自負している。最近は年甲斐もなくスマホゲームにはまっていて、有名アプリのトップ常連であり、そちらの世界でも敬意を込めて今なお老健に『戦士』と呼ばれているのだった。

1

（大戦のために集まった十二人の戦士を、総合的な強さで順位付けするならば、この儂《わし》はどう贔屓目《ひいきめ》に見ても、十位以下でしょうな）と、『未』の戦士、必爺《ひつじい》は思う。（若さというのは、それだけで強さですからなあ――つくづく、歳は取りたくありませんわい）否、これは単純に年齢だけの問題ではないだろう。世代が変わり、時代が変わった分だけ、戦術や戦略に、幅が出てきている。スタート地点の展望室で、他の十一人の戦士達を順繰りに観察したとき、必の理解を超える、昔ならば絶対にいなかったタイプの戦士が幾人もいたけれど、しかしそれは別段、彼ら自身にとっては、異様でも奇矯《ききょう》でもないのだろう。自分が戦士として旧世代、『古く』なっているからこそ、進化した今の戦士達から取り残されているのだと、考えてみれば、当然のことを考えた。もっとも、そのことを彼は、それほど否定的には捉えていない。こちらからして向こうが正体不明ならば、向こうからしてもこちらは正体不明だし、そしてこちらになくて向こうにあるアドバンテージがあるのなら、向こうになくてこちらにあるアドバンテージも、やっぱりあるのだから。（無数にありますが、その最たるものが、たとえば『経験』、ですな

――）十二人の中で、もっとも多くの人間を救った戦士が『申』だとすれば、十二人の中で、もっとも多くの戦場を見てきた戦士が必であることに疑いはなく、そのくぐってきた死線の数を思えば、今回の十二大戦のルールなど、主催者を説教したくなるほど穏やかなものだった。その点にもやはり、時代の移り変わりを如実に感じる――（『昔はよかった』なんて定型句を言うつもりは更々ありませんがのう……、そりゃあ今のほうがいいに決まっておりますからなあ。戦士達の尽力もあって、世の中はいくらかは、平和になったということなのでしょうな）人間がいる限り戦いはなくならないだろうし、戦士が失職することも永久にないだろうが、必が最前線で戦っていたときのような、あるいは商売をしていたときのような屍山血河《しざんけつが》の『戦場』は、今や、どこを探してもないのだろう。そう思うと寂寞《せきばく》の感もある。長く生きた分、風景ではなく、時代を俯瞰《ふかん》で見ることができる――それも、必だけが持つ、今回の十二大戦における優位性だろう。

ひとつには彼は、情報が命とも言うべき十二大戦において、自分以外の十一人の戦士、全員のことを知っていた。どの戦士がどの家系の戦士なのか、はっきりとわかっていた。いや、正確に言えば十人だが、そこまでわかれば、消去法で確定できる――最後まで人着に関する情報が揃わなかった『子』の戦士については、まあ、あの若さゆえのことだろう。（昨日今日戦士になったばかりのひよっこには、そもそも履歴も戦歴もありませんからなあ）もちろん、既知だった戦士についても、実際に今日、自分の目で確認して、情報を精密にアジャストし、更新している。（今回の参加者の中には、およそ冠絶《かんぜつ》していると言う他ない、当代一流の戦士が、三人おりましたわい……『申』の戦士の砂粒、『卯』の戦士の憂城、『丑』の戦士の失井ですじゃ。十二人も集めれば、中には飛び抜けた才能の持ち主もいるものですが……、それにしても、三人とはいささか偏り過ぎですなあ）偶然なのか、巡り合わせなのか、それとも誰かの意図が入っているのか——いずれにしても、あの三人と、直接に対峙するようなことがあってはならない。（こんな骨と皮だけの年寄り、鎧袖一触《がいしゅういっしょく》でしょうからなあ……ただし、裏を返せば、あの三人が潰し合うような展開にもっていければ、儂のような非力な老戦士でも、勝ちの目は十分にあるということですわい）必爺が鑑定するところ、性格的な要素も考慮して、一番の実力者は、まあ『丑』——危うさも含めて二位が『卯』、平和主義ゆえの三位が『申』といったところだろう。性格的な要素を考慮しなければ、たぶん『申』がトップに躍り出るだろうけれど、しかしあの英雄が平和主義を捨てるなど、およそありえないことを仮定しても仕方がない。

（四位は、前回大戦での優勝家系である『亥』……、五位と六位は、直接戦闘タイプと見える『午』と『戌』でシェアする感じですかのう。七位、八位に、『辰』と『巳』の双子の兄弟……、ただしこれは、二人セットで考えた場合ですじゃ。最初に『巳』が落命したことによって、『辰』のランキングは必然的に下がることになる——九位は、『酉』ということにしておきましょうか）あのスタート地点において、必と同じ目で、他の戦士を観察していたのは、あの娘だけだった。彼女は自分の非力を理解した上で、それを武器にしようとしていた——己の才能のなさを、勝てない理由ではなく、勝てる理由にしようと、努力を怠《おこた》っていなかった。（本人は、自分を十二位と自己評価するのかもしれませんがのう——どうしてどうして。そして、仮に儂を十位に置くとして、儂より確実に弱いと言える戦士が、『子』と『寅』……『寅』に至っては、どうしてここにいるのか、わからないレベルの弱さですじゃ）『子』は、若いというにもあまりに若過ぎて、必の人生経験をもってしても、迂《う》闊《かつ》に計りかねるところもあり、予断を許さないけれど、『寅』の弱さは、もはや場違いと言ってもいい。もちろん、十二大戦の参加資格を得ている以上、彼女も、それなりの『何か』を備えているのだろうが、それが何にしたところで、およそ警戒に値するものではないと断言できる。下を見るより、上を見るべきだ——どうやって、『自分よりも上』の九人を追い抜くか。彼ら彼女らとの差を、どう埋めるか——である。（経験と……、そしてそれに基づく知識。あとひとつ、儂にアドバンテージがあるとすれば……、これですかなあ）と、必爺はその手の内で、どす黒い宝石を遊ばせた。あのとき呑み込まなかった、毒の宝石『獣石《じゅうせき》』を。

2

若いということは、怖さを知らないということでもある。それに、素直だということでもある。宝石を手に取れと言われたら宝石を手に取って、宝石を呑み込めと言われたら宝石を呑み込む――それがもしも、度胸や度量というものなのであれば、必はそんなものは、とうに捨てている。生きるということは用心深くあることで、生き残るということはリスクを取らないということだと、知っている。そして、生きることでこそ、勝つことだ。毒の専門家ならぬ必には宝石の正体まではわからなかったが、それゆえに宝石を取るときからして、他の戦士に先に取らせようと最後のほうを選んだし、あのシルクハットの審判員、ドゥデキャプルに命じられようとも、呑み込むことは、そもそもしなかった。弟の分まで宝石を手に取っていた『辰』の戦士に、ドゥデキャプルが言っていた、『ただし、「呑み込む」のはひとつにとどめていただくよう、お願い申し上げます』という台詞から、これは危険物だと判断したのだ。だから呑み込む振りだけをして、毒の宝石はそっと懐《ふところ》に収めたのだった。必のこの行為は、たとえば『酉』の戦士が、『鵜《う》の目《め》鷹《たか》の目《め》』や『鳥葬《ちょうそう》』の際に、細かいことを言えば『部外者』であるはずの『鳥さん達』の力を借りている、というようなグレーゾーン、見様によっては反則すれすれというような水準ではない、明確なルール違反である。『戌』の戦士が、宝石を体内で無毒化したのとも、わけが違う。誰かに気付かれていたら、その時点で敗退が決定していた――ただ、それは逆に言えば、あそこで敗退してしまうリスクよりも、言われるがままに宝石を呑み込むリスクのほうが高いと、必は己の人生経験から判断したのである。（強《し》いて言えば、宝石の力ッティングが、不自然だったんですのう……、どす黒さは美しくとも、カッティングがあまり、美的ではなかった）歳を経て培《つちか》われた、審美眼と言ったところか。案の定、一度呑み込めば吐き出せないようにするための形状だったと言う——毒を呑まされたと聞いても、誰一人取り乱さなかったのはさすが戦士達と言うべきだったが、しかし、戦士ならばそもそも、毒を呑み込むべきではないというのが必の考えかただった。（これによって、儂にだけは、タイムリミットがなくなったわけですが……、しかし、このアドバンテージにうかうかとあぐらをかいてはいられませんな）宝石を無毒化した『戌』の戦士は、他の戦士がタイムリミットを迎える付近まで、身を潜《ひそ》めるという作戦を取った。その作戦が『酉』の戦士によって覆《くつがえ》されたことまでは、千里眼でも『鵜の目鷹の目』でもない必爺には知るべくもなかったけれども、しかし、彼はここで、『戌』の戦士と同じ道は選ばなかった。ひとつには、己の牙、そして戦闘能力に絶対的な自信を持っていた『戌』と違って、必は己を、全体の十位以下と任じていたことだ。『体調万全の下位』が、『毒で弱っている上位』と戦ったとして、必ずしも勝てるとは言えない、少なくとも当人の立場からは。そして、『戌』と違って、彼は重大なる規約違反を犯している身だ——長期戦に持ち込んで、じっくり構えているうちに不正がバレてしまったら、その時点で失格の身なのである。上位同士の潰し合いには期待するにしても、じっくりと腰を据えて構えるわけにはいかないのだった。だから——（だから、このアドバンテージは、違う形で活かしますわい。誰もが呑み込んでいる毒の宝石を、こうして手に持っているという優位性を——交

渉の材料にする）

狙うべきは、ランキングの中位……、必が考える四位、五位、六位あたりの戦士だ。敗退する心配はそんなにしていなくとも、しかし、優勝するにはトップ3があまりに強大過ぎるという状況下で、彼らはもちろんそれなりの策を立てているだろうが、もうひとつ、決め手となる何かが欲しいと思っているはずなのだ。その『ひとつ』を、必が提供すれば、誰もが望んでいながら、そうそう実現しない、同盟関係を成立させうるだろう。（むろん、『優勝者は一人』である以上、どんな同盟関係も、あらゆる協調も、最終的には破綻《はたん》することが目に見えてはおりますが……、しかし、それでも最後の最後まで、その関係性を維持する方法はあるのですなあ）そして、その方法を使えるのは、おそらく必爺だけなのである。自分が毒の宝石を呑まなかったからには、当然、他の戦士が宝石を呑み込んだかどうかは確認している――その時点で死んでいた『巳』を除けば、ちゃんと全員、服毒していた。（だからこそ……、どれだけ冷静ぶっていようとも、平気の平左を装っていようとも、不安を抱えているはずですな。天才であろうと英雄であろうと。敵とだけではなく、優勝できなければ毒死するというプレッシャーとも戦わなければならない。何かの間違いで、運営サイドのミスで、毒が早く効いてくるかもしれない。毒そのものではなく、体質的なアレルギーで、不調を来《きた》すかもしれない――どんな剛《ごう》腹《ふく》な戦士であろうとも、その腹の中に毒があれば、考えれば考えるほど、沼の底ですな）通常通りのメンタルで、そしてバイタルで、いられるはずがないのだ――いや、まあ、あの『卯』

の戦士のような、本物の異常者であれば、また話は別かもしれないけれども、ごく例外的な例外を除けば、何らかの乱れは生じるはずなのだ。その乱れを、突く――それも、優しく突く。

シミュレーションするなら、こう。四位以下の戦士と接点を持ち、こちらから交渉を持ちかける――手にした毒の宝石をちらつかせながら。そして告げる。『儂が戦士として持つ器量は、量子力学トンネル効果を自在に操り、物体を透過する技能である』と――もちろん大嘘である。そんなSF小説みたいなことはできない。どころか、老いさばらえた彼は、戦士としての技能らしい技能など、とっくに失っている。『死体作り《ネクロマンチスト》』とか『鵜の目鷹の目』とか、そんな人に誇れる特技はない――しかし、ないものをあると偽るのは、あるものをないと偽るよりはたやすい。実際、彼の手には、腹の中にあるはずの宝石が握られているのだ――自分の腹部から、皮膚や筋肉、内臓をすり抜けて、宝石を抜き取ったのだという主張を相手に信じさせることは、話術次第では十分に可能だ。実際に必は、かつて過ごした戦場で、そんな種類の能力を持つ戦士と遭遇したことがあるから、その嘘にそれなりのリアリティを持たすことはできる――少しでも疑念を持たれてしまえば露見する虚言ではあるが、そここそ人生経験の見せどころだった。ただし、ここまではあくまで前提である――自分には毒死の心配がないと、そんな優位性を告げるだけでは、ただ反感を買うだけだ。『あなたの体内からも、非侵襲的に、毒の宝石を取り出して差し上げてもよいのですよ』――と、そう起案してこそ、初めて交渉は成立する。むろん、取り出しては差し上げない。腹を傷つけずに胃の中身を取り出すなんて、そんな芸当は土台彼には不可能なのだから――やってあげたくてもできない。だが、体内から毒を安全に排除できるという、あまりにも心地よい誘惑に、あらがえる人間はいないはずだ。この交渉のポイントは、相手も別に、『だったら早く毒を取り出してくれ』とは言ってこないということである。当然だ、自分の中の宝石を奪われることは、勝利条件を奪われることなのだから。タイムリミットのことを考えず、ただ宝石を守るためなら、自分の腹の中に入れておくほうが安全なのである。だから、必からのそんな申し出は、あくまでも、いざというときのための保険としてのみ、作用するのである――あるいは、『他の戦士から毒の宝石を奪う際に、その能力をうまく利用してやれ』くらいの計算を、働かせてくるかもしれないが、何にしても、こちらが優位な形でのチーム作りができるというわけだ。もっとも、チーム作りというほど、人数を広げるつもりはなかった――籠絡《ろうらく》するべきは、一人だけだ。三人でも、もう危うい。『すり抜ける』能力が本物ならば、何人組を作ってもそりゃあ構わないけれど、すべてが嘘なのだから、二人以上を騙すと、騙された二人同士に話し合われれば、不自然さはあえなく露見する。変なもので、人間は、自分が騙されていることはわからなくとも、他人が騙されていることには敏感なものだ――『毒の宝石以外にも証拠を見せてみろ』と、念のための確認みたいなことをされればおしまいの、薄氷を踏むような薄っぺらい嘘であることには違いないのだから、冒すべきリスクは、あくまでも最小限にとどめるべきだった。まあ、『辰』と『巳』のコンビネーションが早々に分断されている以上、今回の十二大戦の中でチーム作りが可能なのは、『申』だけだと、必は読む。ただしそれだって、『申』が作るチームは平和主義のチームだろうから恐るるに足らない。人数が多いだけの集団など、ただの集団だ。それなら、必が作ろうとしている二人組のチームでも、十分に戦いとなる。（贅沢を言えば、あくまで、四位、五位、六位の中位ランカーを狙いたいところですがのう……、場合によっては、それ以下の強さの戦士でも、交渉に出るべきでしょうな）

そう考え、（十二大戦開始から、そろそろ三時間が経過しましたか……、いよいよ、場もいい具合に、煮詰まってくる頃ですな）と、ここをいいタイミングと見据え、騙すべき相手を探して、動き出す必だった——実際、ほぼ同時刻、ゴーストタウンの別の場所で、彼の望み通り、上位ランカー同士が潰し合っていたので、いいタイミングはいいタイミングだったのだろう。ただ、その潰し合いの結果、『申』がゾンビ化し、まったく平和主義者ではない『卯』と、同じチームに属してしまうという結果までは、彼は望んでいなかったし——そんなチーム編成は、さすがの人生経験に照らし合わせても、導き出せるものではなかった。

3

元々、戦士である前は武器商人の身だった必は、隠密行動には長《た》けていた。戦うことより隠れることのほうが得意と言ってしまってもいい。『戌』は、『身を潜めて動かない』という作戦を取っていて、それでも見つかってしまったが、たとえ『酉』の戦士がこのとき、『鵜の目鷹の目』を駆使していたとしても、ゴーストタウン内を素早く、しかし巧みに物陰を駆ける小柄な老人の姿を、なかなか捉えることはできなかっただろう。むろん、必は『酉』の戦士の人着はともかく、特殊技能までを知っているわけではなかったけれど、上空を含めて、どの角度から見られた場合も警戒して動くのは、普段から、彼にとっては当たり前のことだった。もっとも、この時点で『酉』の戦士・庭取は、自らの特殊技能で『鳥葬』に付されているのだが――

それはさておき、必は、探索を始めて、わずか十分後に足を止めることになった。老戦士は、探索にも長けている――と言いたいところだが、この結果に関して言えば、老戦士自身も意外だった。こんな呆気《あっけ》なく他の戦士が見つかるだなんて。スタート地点で、十一人の戦士が散りばらばらになった時点から、みなそれぞれ、巧みに自らの身を隠し、その上で虎視眈々《こしたんたん》と他の戦士を狙っているはずだから、三竦《さんすく》みならぬ十一竦みが成立しているはずで、おのおのが己の才覚を万全に発揮して隠れたならば、そう簡単には見つからないだろうと覚悟を決めていたのだけれど、しかし、あまりに呆気なく、その戦士は見つかった。

『死体作り《ネクロマンチスト》』の『卯』が操る戦士の死体――『歩く死体《ウオーキングデッド》』、ではない。生きている人間と死んでいる人間の違いは、戦士でなくとも明瞭にわかるもので、だから『死体作り《ネクロマンチスト》』としての

『卯』の職能は知らなくとも、そこを歩いているのがゾンビだったら、少なくとも異様さは感じられたはずである。しかし、そういう意味での異様さは、ゴーストタウン内の公園のベンチで、酒をたらふくかっくらっていた彼女からは、まったく感じられなかった。……戦場のまっただなかで、酒をたらふくかっくらっているその姿は、もちろん、異様の一言でしか表現し得ないものだったが……、それが若い娘ときているのだから、尚更である。

『寅』の戦士だった。

(ランキング最下位の戦士ですな……、仲間にするには、はっきり言って微妙……、どころか)できれば見なかったことにして、ここから即座に立ち去りたいくらいだった。出くわしてしまったことがちょっとした災難にも思えると言うか、見てはならないものを見てしまったような気分になる。そのあたりの、無人の酒場からでもかっぱらってきたのであろう大量の酒瓶が、ベンチのそばにごろごろと転がっていて、その大半が空き瓶である。薄着の娘が、ベンチの上で、大股を開いただらしのない姿勢でへべれけになって、顔を赤らめ「～～♪」と鼻歌混じりで機嫌よさそうに、呑み干した一升瓶をぽいぽい投げ捨て、次の一本へと手を伸ばし、栓を開けてはぐびぐびとラッパ呑みをしている。戦士というより、ただのならず者の振る舞いだった。(虎視眈々と、他の戦士を狙うでもなく……好きなだけ酔っぱらっておるようですな……）『寅』の彼女が、虎視眈々の対極の姿をさらしているというのは、なんともシュールな情景だった。いや、まあ、そう言えば、昔はああいう酔っぱらいのことを、『オオトラ』などと言ったりしていたか……、あんな若い娘が、そんな古い言葉を知っているとは思えないが。

（何の脅威も感じない、最下位の戦士だと評価していましたが……、まさか、最下位からでも評価が暴落しようとは。脅威を感じないどころか、今や儂は、ただ軽蔑を感じておりますわい……）間違っても仲間になりたくない。『昔はよかった』と双璧《そうへき》をなす、『最近の若い者は』という定型句だけは、老人のたしなみとして絶対に言うまいと誓っていた必だが、思わずその禁を破りたくなった——ある意味、平和の申し子みたいな振る舞いではあるが。

今がバトルロイヤルの真っ最中でなければ、出て行って叱りつけてやりたいくらいだ。戦士としてではなく、人間として——しかし、もちろん、そんな場合ではない。説教爺さんになっている場合ではない、感情を捨てて、戦士に徹するべきだ。（ただし、これから他の戦士を探して、同じようにすぐ見つかるということはないでしょうな……、そして次に見つけた相手が、交渉しやすい相手とも限りません）スピードを優先して、最下位であろうと、その力の弱さを『御しやすい』ものと前向きに捉えて、あの『寅』の戦士を傀儡《かいらい》に据えるというのは、戦略的には成立するはずだ。ただ同盟を組むのではなく、前提条件に嘘を織り交ぜて手を結ぼうとしているのだから、相手が馬鹿のほうが騙しやすいという見方もあるだろう。馬鹿であれば馬鹿であるほど、満額回答を得られやすい——それにしたって、ものには限度はあるだろうが。

（あんな、いい具合に酩酊した相手を、ちゃんと騙せるのかという問題は残りますしな……、正直、会話が成立するかどうかも怪しい泥酔ですじゃ）ならば、むしろそれよりは、攻撃に転じるべきかもしれない。あんな隙《すき》だらけの相手を攻撃するのは、さすがに良心、というより、戦士として矜持《きょうじ》が咎《とが》めるが――戦うこと自体が戦士の恥だ――しかし、あんな隙だらけの姿、どうか殺してくださいと、お願いされているようなものである。必がここで見逃したとしても、他の戦士に殺されるだけだろう。それに、あの娘自体はどうでもよくとも、その体内にある宝石には価値がある。殺して、胃の中でアルコール漬けになっているであろう宝石を取り出せば、それは同盟を申し出る際の、新たなる交渉材料にできる。最終的に十二個集めたものが勝者なのだから、途中経過で誰の手にあろうがどうでもいいというのは理屈なのだが、それでも、くれると言われて、嫌なものであるはずがない。こちらの実力の、そして余裕のアピールにもなる……宝石を強奪した相手があんなへべれけの升々《しょうじょう》だということさえ隠し通せればの話だが。

（まあ、そちらですかな……、寄る年波には勝てませんから、直接的戦闘は、できれば最後の最後まで、避けたかったのですがのう――）そんな風に、堂に入った謙遜も交えながら必爺が決意し、今回、十二大戦を勝ち抜くために持ち込んだ『商品』である、『強烈な爆発物』――自作の投擲手榴弾《とうてきしゅりゅうだん》『醜怪送り《しゅうかいおく》』を取り出したのと、同時だった。そのへべれけの升々が、「いるんだろ、こそこそ覗いてないで、そろそろ出てきやがれってんだい、じーさん」と、伝法《でんぼう》な口調で言ったのだ。

4

己の隠密行動が気付かれていた、ということがまず衝撃だったが、しかし、それ以上に、あれだけの量の一升瓶を空けておきながら、『寅』がまだちゃんと喋れるということに驚いた。てっきり、もう前後不覚レベルまで酔っぱらっていると思っていたが――「どうした、いい歳して隠れんぼかよ、じーさん――遊びたいならあたいが遊んでやるっての。ああ、ちなみに今のは、『あたいが』と『タイガー』がかかっている――ぐるるう」（…………）ただ、喋れてはいても、言っている内容は、完全に酔っぱらいの繰り言だ。一瞬警戒しかけたが、どうやらその必要はなさそうである――見つかったのも、酔っぱらいの独特の視界に、たまたま必の姿が入ってしまったというだけのことだろう。「ふっ……それなら、遊んでもらいましょうか……な。若い娘からの誘いを断るわけにはいきませんわい」大物ぶって見せながら、木陰から姿を出す必爺――小さな身体でも、歩きかた次第では大物感を出すことはできる。それを受けて、『寅』の娘はベンチから立ち上がが――ろうとして、くにゃりと倒れた。戦わずして勝ってしまったのかといぶかしんだが、さすがにそんなことはなく、『寅』の娘はそのまま四つん這いに構える。まあ、ここまで状況が整って、名乗りもあげずに決着では、あまりに拍子抜け過ぎるというものだった。四つん這い――それが彼女の戦闘スタイルなのだとしたら、よく今まで生きてこられたものだと感心する。そんな姿勢を取った時点で、第一手は『爪』だと、ほとんど限定されるではないか。能ある鷹は爪を隠すと言うが、この虎には、そんな知恵もないらしい――この分では、たとえアルコールが回っていなくとも、そんなに変わらないかもしれない。「ぐる、ぐる、ぐるるう」と、およそ女子らしくない唸り声をあげつつ、「おお、分身の術とはすげーな、じーさん。三人に増えることができるってのかい」どんな視界でこちらを見ているのか知らないが――こんな赤ら顔の戦士、見ているだけでも不快だ。さっさとケリをつけるとしよう――久々の実戦に、少しは血が騒ぐかと思ったが、そんなことはまったくなさそうだった。「あー……、あ？　あれ、じーさん、いつの間に四人に増えた？　ぐるるう。羊が一匹、羊が二匹ってかい？　あたいを眠らせて、どうしようってんだよお」「……名乗り合いは、少しは酔いを醒ましてからにしますかな？」あまりに歯ごたえがなさ過ぎるのも何だと思い、本当に眠ってしまいそうな『寅』を相手に、ついそんな助け船を出してしまったが、「うるせーって、酔ってねえって。酔ってねえ酔ってねえ、ちょっとしか酔ってねえ。あたいはお酒なら、いくら呑んでも、そーんなには酔わないんだよお」と、酔っぱらいの定番の台詞を言う。ならば、かけるべき情けはもうお猪口《ちょこ》一杯分もない。投擲手榴弾『醜怪送り』で、胃以外のすべてを、爆破しよう。その威力は折り紙つきである――彼がそれをもって十二大戦開始直後に、大戦を終わらせようと目論んだとき、あの『申』さえ、床を抜いて逃げざるを得なかったほどの破壊力と操作性。『申』ならばともかく、こんな半分眠ったような『寅』を相手に、不発などない――

「『未』の戦士――『騙して殺す』必爺」
「『寅』の戦士――『酔った勢いで殺す』妬良《とら》」

酔った勢いで？　と聞き咎めたときには、もう遅かった。見え見えだったはずの、『寅』の『爪』による攻撃が、十爪とも、必の矮軀《わいく》にヒットした――皮という皮を引き裂かれ、胃以外のすべてを切り裂かれた。（え……あ？　はい？）自分が既《すで》に殺されたことにも気付かず、ただただ戸惑う必。（そんな……最下位だったはず。名乗りをあげたそのときも、決して、雰囲気が変わったり、オーラが増大したりはしなかったはず――頭のてっぺんから足のつま先まで、完全にただの酔っぱらいでしかなかったはず……、酔っぱらい？）

「そう。ご存知、酔拳だあ」

背後で、そんな声がした。「『酔えば酔うほど強くなる』でお馴染みの――じーさんのほうが、よっぽど酔拳を使いそうなヴィジュアルだけどな。ぐるるるう」「…………！」己で立つ力を失った必が倒れるよりも先に、千鳥足の『寅』が、ばたりと地面に倒れた。しかし、もう起き上がろうとはしない——赤く染まった己の爪を、べろりと舐めて、そして「もっとも」と、恍惚の表情で言った。「あたいの場合は、酒よりもなお、人の血にこそ酔うんだけれどねえ。……おじいちゃん一人じゃ、呑み足りないなあ」

（○寅—未●）

（第五戦——終）

5

虎が動き始めた。

第六戦

千里の馬も蹴《け》躓《つまず》く

迂《う》々《う》真《ま》◇『才能が欲しい。』

本名・早間好実《そうまよしみ》。九月九日生まれ。身長230センチ、体重150キロ。十代の頃は長身であれど細身の体格だったが、戦場で経験した決定的な敗北を機に肉体改造、筋肉増強に乗り出す。トレーニングのみならず、薬物による化学施術にもためらわず手を出し、今では早間家の歴代当主の中でも、一番の巨漢である。寡黙で知られ、戦士としての名乗りを除けば、彼の声を聞くのは、相当の側近のみに限られている（余談ではあるが、とてもいい声である）。戦場でも、その寡黙さに似つかわしいストイックな戦いぶりが広く知られていて、その筋肉から放たれる攻撃は、言うまでもなくかなりのものだが、しかし真に特筆すべきは彼のディフェンスの高さだ。防御術『鐙《あぶみ》』と称するそのタフネスは、およそ人体では考えられない強度を誇る。ちなみに、本来は無骨に『鎧《よろい》』と名付ける予定だったが、漢字を間違えた。『鐙』と『鎧』。思いの外《ほか》似ている。

1

十二年に一度開催される十二大戦。その参加戦士の数が、こうして半分にまで減ったところで、この大戦の『内幕』みたいなものを、許される範囲で少しだけ開示しておこう。もちろんのこと、選ばれし戦士達が、互いの命と魂、それに才や技や能、あるいは運をかけて戦うこの血みどろの戦いは、『誰が一番強いのか、決めようよ！』というような性質のものではない――スポーツマンシップに則《のっと》ってもいないし、ある意味、表でおこなわれる血みどろの戦いよりも、その裏事情は醜く汚れて、触れたくもないほどどろどろしている。普段、世界中の戦場で戦う彼らを、一堂に集めて競わせるのは、それに匹敵する理由がある。十二大戦の運営組織は今回、十二大戦を開戦するにあたり、都市をひとつ滅ぼしてそのステージとしているが、これは今回特別に、主催者が奮発したということではない。過去には、巨大山脈ひとつを潰しておこなわれた大戦もあったし、最大規模の十二大戦は、第九回大会の、宇宙ステーションの中でおこなわれたものだ――ただ場を用意するだけでもそれだけの費用がかかる上、『どんな願いでも叶える』なんて、優勝者の願い次第では、途方もないコストがかかりかねない賞品を用意してまで、十二大戦を、十二年に一度という、それなりの頻度で開催するのは、これが代理戦争であるからに他ならない。代わりにおこなわれる戦争——それも、戦争の代わりにおこなわれる大戦争。

これは、戦争のための戦争なのだ。

大金と人命と環境という犠牲を払いながらおこなわれる戦争を、わずか十二人に集約させようというたわけたバランス感覚——ただし、十二人の戦士は、それぞれがどこかの国を代表して戦っているというわけではないし、国など、この大戦においては単なるチップに過ぎない。国よりも遥か上に立つ、ごく少数の有力者が、『酉』の勝ちに国ふたつ、『申』—『丑』の連番に国みっつと、ギャンブル感覚で国家を張り合い、極めてフェアに、実に穏当に、国家を取り合っているのである——代理戦争。十二大戦の結果如何《いかん》で、国の所有者が移り変わり、新しい国が生まれたり、国が滅んだり、合併したり独立したり、世界地図が書き換わることになるのだった——もちろん、当の戦士達には、そんなことはつゆとも知らされない。彼らは彼らで、彼らなりの理由で命をかけるだけである——国をチップにしたベットがおこなわれるのは、十二戦士が半分まで減り、生き残った戦士達の実力もある程度は開示された、まさしくこのときだった。生き残っている六人のオッズ順は、次の通りである。

1『丑』2『卯』3『寅』4『午』5『辰』6『子』

『申』が脱落した今、『わけがわからないほど強い』との定評を得る『丑』のトップは順当としても、ノーマークだった『卯』がオッズ二位につけているのは、やはり彼の『死体作り《ネクロマンチスト》』の技能を踏まえてのことである——従えた二体の死体をどのように有効活用するかによっては、優勝も十分ありうるので、連番のトップはもちろん、『丑』—『卯』が、群を抜いている。同じく、下馬評ではノーマークだった『寅』がオッズ三位なのは、ベテラン中のベテランである『未』を殺した戦果が高く評価されてのものだろう——『辰』と『子』の順位が低いのは、これはやむを得ないというか、パートナーである双子の弟を失っている『辰』と、とにかく若過ぎて、しかもどうにもやる気が見られない『子』は、現在、ほとんど何もしていないに等しいからだ。一応、正体不明の『子』と違って、実績の情報がある分『辰』のほうが順位が上になったといったところだろうか——しかし、ここで触れておきたいのは、特にいいとも、決して悪いとも言えない、四位という、鉄板でも大穴でもない実に平凡なオッズがついた戦士、『午』である。『午』の戦士、迂々真《ううま》。彼はノーマークの戦士ではなかったし、むしろ事前の『有力者アンケート』では、十二人の戦士の中で、かなりの上位につけていた。バトルロイヤルという生き残り合戦において、『午』の戦士の、イージスの盾と並べて語られることもある絶対の防御力は、かなりのアドバンテージなのだから――それなのになぜ、大戦が半分終わった時点での、彼の評価は、こうも中途半端なものになっているのか？　それがこれから語られることになるのだが――どうだろう、先を読み進める前に、有力者のお歴々にならって、ここで第十二回十二大戦は誰が優勝するのか、公表されたオッズを参考に、試しに予想をしてみるというのは。賭ける国を持っていれば、有力者は誰の挑戦にでもコールする。

2

『酉』の戦士が、『丑』の戦士に敗北し、その死体が『鳥葬《ちょうそう》』に付される前――彼女は、血に塗《まみ》れた彼のサーベルを見て、『丑』は既《すで》に、一人以上の戦士を始末していると判断したのだが、それは、結論から言えば早計だった。確かに昨日までは、『丑』の戦士と対峙して生き残った敵はいなかった――その噂を、『酉』だけに鵜呑《うの》みにしたのは、必ずしも迂闊《うかつ》とは言わないけれど、しかしその皆殺しの記録は、実は、彼女が殺される直前に、破られていたのである。彼のサーベルは、狙った敵を傷つけはしたものの、しかし、殺すには足りなかった。ひと突きで十分殺せただろうに、『丑』が用心深く『酉』の両目を突いたのは、その戦闘経験を活かしてのことだったのだ――これは、『天才でも反省する』という、凡人にとっては恐怖に打ち震えるべきエピソードである。では、『丑』と敵対しながら生き残った当の敵が、『皆殺しの天才』のゴールデンレコードに傷をつけたことを誇らしく思っているかと言えば、そんなことはなかった――彼は彼で。

『午』の戦士・迂々真は、『午』の戦士・迂々真で、しっかり傷ついていた――肉体的にも、精神的にも。いかなる戦場で、どんな戦士を相手にしても、比喩でなく、かすり傷ひとつ負ったことのない彼の自慢の肉体『鐙《あぶみ》』が、サーベルであちこち隈なく、傷だらけである。致命傷はひとつもないし、傷つけられているのはほとんど皮膚だけで、骨や内臓はおろか、筋肉まで届いている傷さえほとんどないが、それでも傷は傷だった――痕《あと》になって残る傷も相当数あることを思うと、彼の誇りこそが、傷だらけだった。こちらからは『丑』に対して反撃らしい反撃はできなかったし、結果は引き分けでも、ただ死ななかっただけで、気分的には完全敗北みたいなものだ。

ただし、このように多量の手傷を負ったから、彼のオッズが中途半端なものになったというわけではない。『丑』を相手に生き残っただけでも、十分にそれは評価の対象となる――が、戦闘後、彼が取った行動の印象が、あまりにもよくなかった。彼は、街の大手銀行の金庫の中に逃げ込んで、そこに立てこもってしまったのである。絶対の防御力を持つ彼が、更にバリケードを作り、籠城《ろうじよう》戦に入ったのだ――これは、縦から見ても横から見ても、支離滅裂な行動だと言っていい。毒の宝石という明確なタイムリミットがある以上、普通に考えて籠城戦など成立するはずがないのだから——その様子は、二メートルを超える巨漢の戦士が、『丑』との再戦に怯《おび》えて、心を折られて引きこもってしまったようにしか見えない。オッズが最下位まで下がらなかっただけ、めっけものと言うべきだろう。むろん、神々のオッズなど知ったことではない々にとって、他者からの評価などどうでもいい——しかし、誰よりも今、自分に落胆しているのは、他ならぬ々なのである。落胆どころか、軽蔑と言っていいかもしれない。

言い訳の余地がないわけではない——『丑』と遭遇した際、々は、そこで戦いになるとは思っていなかったのだ。認識が甘かったと言われればそれまでだが、しかし、十二大戦のスタート地点において、彼らは二人とも、『申』からの提案に、賛同した者だという共通点があった。『卯』が手を挙げた時点で挙げた手をおろした二人でもあるし、あの募集自体は、フロアの崩壊によっておじゃんになってしまったが、しかし、平和的な解決が、あるのなら望まないわけではないという意味においては、『丑』と々は、穏健派という共通項でくくられるはずだった。だから、ともすると、そのとき遭遇した『丑』と、大戦に対して提携できるのではないかとさえ、期待したのだ——『丑』の剣術と『午』の防御があれば、最強の矛と最強の盾を、同時に装備したようなものだ。かなり優位に十二大戦の中で立ち回れることになるだろう——しかし、そんな流れにはならなかった。恥じる。そんな『あわよくば』な期待をしたことを、今、心から恥じる——頭をかきむしりたくなる。かきむしったところで、絶対の防御力を持つ彼の頭皮には、傷ひとつつかないのだが。自分でもつけられない傷を、々は身体中に刻まれたのだ。

そんな彼は、フォローされることも好むまいが、第十二回十二大戦に参加した十二戦士の中で、々と『丑』が穏健派だという読み自体は、当たっている。々もそうなのだが、『皆殺しの天才』である『丑』は、戦場でこそ容赦のない殺戮《さくりつ》行為を繰り広げるが、決して好んで戦うタイプではない。戦士に穏健派という言葉がそぐわないならば、仕事としての戦士と言い換えることもできる。これと真逆のタイプが、『卯』の戦士や『寅』の戦士のような、殺すために戦っていたり、戦うこと自体が、嗜好品のように好きだったりする戦士なのだが——それにもかかわらず、『丑』が有無を言わさず臨戦の構えを取った理由は、々には把握のしようもなかったけれど、実はそこには、少々込み入った事情も絡んでいる。々にとって、ばらけたあとに初めて遭遇した戦士は『丑』だったが、『丑』にとっては、そうではなかったのだ——いや、厳密には、遭遇ではない。むしろ『丑』は、その相手との遭遇を避けた——ふらふらと道路の真ん中を歩く、土気色の顔をした『亥』の戦士との遭遇は、慎重に避けた。それは明らかに己を失った、ただの死体だったから。それを操作しているのが『卯』であることまでは、その時点ではわからなかったが、今回の十二大戦の参加者の中に、『死体作り《ネクロマンチスト》』がいるようだという推測は立った——それがはっきりした時点で、『丑』の中に、平和裏に大戦を収束させるという選択肢がなくなったのである。むしろ、より多くの戦士を、自らの手で殺すべきだと彼は判断した。『死体作り《ネクロマンチスト》』は、殺した相手を配下に置く——暢気《のんき》に構えていると、『死体作り《ネクロマンチスト》』はチームメンバーを、際限なく広げていくことになる。どれだけの一派をなすことになるか——それを防ぐための手だては、『死体作り《ネクロマンチスト》』が殺す前に、『丑』自身が、他の戦士を殺して回ることだった。必ずしもその決断は、『死体作り《ネクロマンチスト》』の勢力増強を危ぶんでのことではない——むしろそれは、穏健なる彼の、時と場合が違えば同志として戦っていたかもしれない戦士達に対する、せめてもの情けのようなものだった。『死体作り《ネクロマンチスト》』に殺されて、死体を辱《はずかし》められるくらいだったら、『皆殺しの天才』が痛みもなく、『ただ殺す』ほうが、まだしも浮かばれるというものだろう——穏健というより、これは『午』とは違う、単なる天才ゆえの余裕とも言えるが。

いずれにしても、そんな『丑』の胸中など、知るよしもない々にしてみれば、予想外に、突如なだれ込んでしまった『丑』とのバトルに、心の準備ができていなかった。既に皆殺しの決意を固めていた『丑』とは、そもそもの覚悟の量が違った——もっとも、その言い訳は、やはり言い訳でしかないのかもしれない。突如なだれ込んだバトルとは言っても、あの天才は、不意を打ってきたわけでも隙《すき》をついてきたわけでもない。作法通りに名乗りをあげて、『午』にも準備する時間を与えてから、そのサーベルを振るってきたのだから。文句のつけようもないほど、れっきとした決闘だった——最初は戸惑ったとは言え、々も、途中からは相手を殺す気で戦ったというのに、結果は惨憺《さんたん》たる有様だった。そりゃあ、こもりたくもなる。しつこいようだが、『丑』のサーベル捌《さば》きから生き残っただけでも、快挙とも言うべき大したものではあるのだが——それを慰めにするには、彼の己の筋肉に対する愛着は、とっくに信仰の域にまで達していた。ゆえに々が受けた傷は、ある意味で防御術『鐙』を徹透《てっとう》して、深刻なダメージを、彼の中核に与えていた。そんなずたずたなコンディションから立ち直るのは、十二大戦の残り時間をフル活用しても、難しいだろう。

ただし、現実問題として、絶対――とは、もう言えないにしても、余計なほどに頑強な、防御力の枠を集めたような防御力を誇る彼が、銀行の金庫にバリケードを作ってこもるというのは、鋼鉄の像をプラスチックのケースで守ろうとしているようなもので、名にし負うタフガイとしてはとてもナンセンスなのだが、しかし、確かにこんな風に、戦闘を放棄して引きこもってしまうというのは、戦士としては最低の行動だけれども、人間としては、そして生物としては、あながち悪くはない行動なのだった。着眼点を変え、大所高所から判断すれば、通り一辺にこれを愚考とばかりは言い切れない。なぜならこの十二大戦のルールは、それぞれが呑み込んだ毒の宝石集め――一人でも、こうやって戦線から離脱してしまえば、全戦士が毒死するのだ。優勝することは難しくとも、全員を道連れにすることが、一番弱い戦士にだって可能な仕組みになっているのである。逆に言うと、一番強い戦士の考えかたとしては、そんな風に、勝負を投げ出させないように――無駄に追いつめ過ぎないように戦闘を進めるのが駆け引きのしどころなのだが、その点において、『丑』の戦士は、『午』に対してやり過ぎた。ここまでやるのであれば、どんな手を駆使してでも、きっちり殺しておくべきだった――まあ、『丑』のような天才戦士にしてみれば、死んでもないのに心が折れるような凡俗の気持ちなんて、計り知れないものなのだが、しかし天才の天才性についての話はまた章を別に移すとして、戦闘意欲を失った々が引きこもることで、『丑』や『卯』といった、オッズの高い戦士さえ、脱落する可能性が出てきたのである。時間切れによる全滅――なんとも締まらない結末だが、締まる結末を、どうしても用意しなければいけない理由など、々にはない。そうは言っても、彼自身もタイムリミットで、毒死してしまうではないか――という疑問に対する解答は、彼の戦士としての自慢の――自慢だった、『鐙』である。RPGだったら、クリア後に出てくるアイテムのような防御力。それはもしかすると、『体外』からの攻撃だけでなく『体内』からの攻撃にも、毒に対してさえ有効かもしれない――のだ。アドバンテージ。『卯』が『死体作り《ネクロマンチスト》』という、結束力の強い仲間を集められる優位性を持っていたように、『戌』が体内で毒を無効化できたように、『酉』が『鵜《う》の目《め》鷹《たか》の目《め》』で、戦場のフィールドマップを持ち得たように、々には々の、ルールに対するアドバンテージがあるのだとすれば、これがそうだということになるはずだ。むろん、保証などないし、々にしたって、そんな緻密な計算を立てて、金庫に引きこもったわけではない。だが、他の戦士が全員毒死して、その後、々だけが生き残れば、十二大戦の優勝条件は満たせないにしても、生き物としては、生き残れば、それで、それだけで勝ちと言える。『未』が言うところの、『生きることこそ、勝つこと』である。

　結局、思わぬ形で、現在、鎬《しのぎ》を削って戦っている十二戦士達は、苦境に追い込まれたということになる。『丑』や『卯』、『寅』といった優勝候補の面々の、戦士としての技能は、あくまでも『対人』のための技能である——入り口どころか出口もないバリケードを突破できるタイプの戦士ではない。　々が作ったバリケードを突破できるに足る、莫大な破壊力を持っていたのは、『亥』の二丁機関銃と、『未』の手榴弾《しゅりゅうだん》だけだったが、しかしその二人の戦士は既に、幽明《ゆうめい》境《さかい》を異《こと》にしている。まったく、とんだダークホースもいたものだが、このままだいたずらに時が過ぎれば、第十二回十二大戦は、本当にそんな幕切れを迎えてしまうことになる。当然、それよりも最悪の幕切れは、『鐙』も毒に対しては効果はなく、彼もまた、しかも一人寂しく、毒死するという幕切れだが——

「あ……、こんなに暗いと、寝ちゃいそうだな……」

と、急に『ぼおっ』と、真っ暗闇の金庫の中に、光が灯された。まるで魔法のようだったが、そんなファンタジーとは対極の、純粋科学だった。ちまたでは今や、誰もが持っているけれど、しかし現代の最新科学の集大成——いわゆるスマートフォンだった。起動したスマートフォンの画面の光が、金庫の内部を照らし出したのだった。そして照らし出されたのは、巨体で膝を抱え、まるまっていた　々だけではない——スマートフォンを起動させた張本人の姿も、あらわになる。何というか、スマートフォンが一番様になる年頃とも言える、十代半ばくらいの少年である——　々には、スタート地点で寝ていた少年としか認識できないが、そう、彼こそは

『子』の戦士・寝住だった。「スマホの画面に使われてるガラスってさ……」と、彼は々のほうには目を向けず、ここがさも電車の中ででもあるかのように、メールチェックでもしているかのように、スマートフォンに、眠そうな目を向けている。「軍隊で使われるような頑丈なガラスなんだってさ……、胸ポケットに入れておけば、拳銃の弾丸をも止めるって、都市伝説を聞いたことがあるぜ……本当なのかねえ、あれ？」寝言のごとき気怠《けだる》そうな口調で少年は、「ちなみに」と続ける。「俺はスマホを新調したら、まず最初に、わざと画面を叩き割るタイプ。ビシビシに罅《ひび》の入ったスマホの画面って、放射状の割れかたが蜘蛛《くも》の巣みたいで、なんだかロックじゃねえ？」タイプと言われても、々はスマートフォンを新調したら、まず最初にわざと画面を叩き割るタイプの人間がいることを寡聞にして知らなかった。と言うか、々自身は、むしろ画面に貼られたシールをいつまでも剝がせないタイプだった。そんな風に傷つくことを恐れて生きてきたからこうして引きこもることになってしまったのだと言えば、なんだか深刻な社会問題みたいだが、むろん、メンタルケア的な方面から、々の現状を診断している場合ではない――この少年、いったいどこから這入《はい》ってきた？「ん？　ああ、気にするな。鼠《ねずみ》ってのは、ちょっとでも隙間があれば、どっかからは這入ってくるもんなんだからよ」隙間……？そりゃあ、銀行の金庫とは言っても、そもそもその中に入る際、々が鍵を破壊している。あくまでも防壁は、その後に突貫工事で、力業《ちからわざ》で積み上げ、力任せに組み立てたバリケードだ、隈なく探せば決して隙間がないわけじゃない。しかし、それはとても、こんな短期間で見つけられるような隙間じゃあないはずだ。なのに――

「『子』の戦士――『うじゃうじゃ殺す』寝住」

ぶっきらぼうに、スマホの画面を見たまま、名乗る少年に、既に戦士としての資格を失っている々は、しかし、呼応するように、

「『午』の戦士――『無言で殺す』迂々真」

と、ついつい名乗ってしまった。今や戦士どころか、早間《そうま》家の当主を名乗ることさえ、おこがましい身だというのに。名乗ったことで、これまではただ怯えていただけの々の心に、初めて自己嫌悪という感情が生じたが、それには構う風もなく、「あっそう」と、『子』の少年はスマートフォンから目を離そうとはしない――戦いに突入しようという雰囲気が、まったくない。いや、そもそもこの少年、スタート地点にいたときからして、まったくやる気が感じられなかったが……。今の々は、まったく戦えるコンディションではなかったので、そのこと自体は彼にしてみれば助かったという他ないのだが、しかしだったら、『どうやってここに這入ってきた？』と同じくらい、『何のためにここに這入ってきた？』という疑問が生じてくる。「ああ、

ちょっとした緊急避難だよ……、ここをパニックルーム代わりにさせてもらおうと思って。いったん休憩って奴だ。今、俺、『巳』の奴に追われてて……、いや、『巳』の奴って言っても、死体なんだけど……、元は俺が追ってたはずなんだが、状況が変わっちまって……、とにかく、死んでるからって、蛇のようにしつこくって……、ああ、蛇なのは、元々、蛇なんだっけ？」

訊くまでもなく、そう喋り始めた『子』の少年だったが、言っていることは意味不明だった。説明する気がないとしか思えない――ただの独り言のようである。密室の中、無言の戦士と、独り言の戦士――いったいこれは、どういうシークエンスなのだろう？「そう言えば……、あんた、『申』の和平案に乗ってやろうとしてたよな？　宿借りさせてもらった礼に教えとくけど、あれ、ぱーになったから」「肝心の『申』が、殺されちまってよ……、中心に平和主義者のあいつがいてこその和平案だったんだから、そうなると、断案するしかないよな。なんだろうな、こんなこと言っちゃいけないんだろうけど、あいつ、超だせえ。平和主義を謳《うた》っといて、お前が死んでどうすんだっての。……結局、あいつが考えていた和平案ってのがなんだったのかは、わからずじまいだ。和平案はいくつかあるって言ってたけれど……、案外、考えなしのはったりだったのかもしれねーな。停戦交渉が本分の英雄なんだから……、まず戦いを停めて、そこからみんなで考える、とか。ありそうな話だぜ。澄ました顔をしていても、英雄ならそれくらいの方便は使うだろう。だとしたら、確かに、綺麗事ってなめちゃ駄目だわ……」そんな独りよがりの独り言からは、外部で何が起きていたのかは計りようもないが、しかし、優勝候補の一角『申』が倒れたということだけは、かろうじて伝わった。倒したのは誰だ？　やはり、『丑』のサーベルなのか？　「けど、やっぱ俺にはわかんねーよな……、平和ってのが、どれくらい大切なもんなのか。あんたが今そうしているみたいに、みんなが守りに入ってしまったら、世の中、動かなくなっちゃうわけだろ？　奔放《ほんぽう》に動くやんちゃがいるから、変化と進化は起こるんだろ？　すべてが静止した世界なんて、そんなの、滅んだ世界と一緒じゃないか——あんたが今、死んでるのと同じなように」何を言っているのかわからない。何を言っているのかわかりたくもない。「生きてるだけなら、死んでるのと同じだよな——まだしも、あの変態兎に動かされてる死体のほうが、生きてるって感じがするぜ。ああそうだ、あんた、『未』の爺さんが、今どこにいるか、知ってる？」『未』の爺さん？　展望室で、爆発物の使用について質問していた、あの老人か？　印象的だったから憶《おぼ》えているが、しかしどうしてこの少年が、その所在を気にするのだ？　「あ、知らない。そうかい、そうかい。じゃあいいや、気にしないでくれ。まあ、こんなところに閉じこもっていたら、そうだよな。意気阻《そ》喪《そう》っつーのか、予後不良って言うのか……。それじゃ、お邪魔しました、と」メールの返信でも終えたのか、スマートフォンをスリープモードにする少年。当然、金庫の中は再び真っ暗闇になる。それと同時に、少年もいなくなってしまったかのようだった——が、「これも、一応教えとく」と、声だけが残る。「俺を追って、『巳』の奴がここに来るかもしれねーから、あんた、ここから逃げたほうがいいぜ。そうでなくとも、動いたほうがいいぜ。生きているのなら——

生きていたいのなら」そして今度こそ、少年の気配がいっさいなくなる。暗闇に目が慣れてきても、もう彼の姿はどこにもない。勝手に逃げ込んできておいて、恩着せがましく『逃げたほうがいい』とは勝手な言い分だったが、しかし、彼らは殺し合いをしている最中なのだ。戦闘の意思を失っている々を見逃してくれただけでも感謝すべきであって、逃げろというのも、素直にアドバイスとして受け取るべきだろう……これをとばっちりだと責めるのは、厚かましいというものだ。だが、逃げろと言って、どこに逃げろと言うのだ？　外には『皆殺しの天才』である『丑』がいる——外のほうがよっぽど危険だ。『子』の少年がどうやってこのバリケードの中に這入ってきたのかは、謎に包まれたままだが、しかし『巳』……『巳』の死体？……に、同じことができるとは思えない。ならば、忠告は真摯《しんし》に受け取りつつも、このままここで籠城を続けるというのが、正しい選択であるように、々には思えた。安全であることの他、もう求めるものはないのだから。『すべてが静止した世界なんて、そんなの、滅んだ世界と一緒じゃないか——あんたが今、死んでるのと同じなように』『生きてるだけなら、死んでるのと同じだよな——』少年の言葉が、なぜか反響する。ぐわんぐわんと反響する。金庫の中にではなく、迂々真の頭の中に。まだ世の中の仕組みもわかっていないような子供の、吟味もされていないただの戯《ざ》れ言《ごと》であり、本気に取る必要のない独り言が、どうしてか頭に張り付いて離れない。守りに入り、引きこもり、動かないことは——もう戦わなくていいことは、楽で楽で仕方のないことのはずなのに、それなのに、今、々はとても苦しい。この息苦しさは、この息

苦しさは、この息苦しさは——この息苦しさは、少年の言葉のせいじゃない！　異変に気付いて、立ち上がったときには、金庫の中は煙に満ちていた。闇の空間は、黒煙でいっぱいだった——何かが燃えている!?　……何か、どころではなかった。何もかも、だった——燃えているのは、金庫そのものだった。温度も際限なく、ぐんぐんと上昇しているし、悪臭に卒倒しそうになる。ああ、これは、燃えていると言うよりも——

燃やされている。

頑丈なバリケードの破壊は難しい、だから、燃やそうと？　燃やして、溶かそうと？　無茶苦茶な発想だ。むろん、々の防御術『鐙』は、超高温の炎でさえダメージを与えることは難しいが——しかし、『与えられるダメージ』には強くとも、『奪われるダメージ』については、必ずしもそうではない。人間の生存には酸素が必要不可欠で、物質の燃焼にも酸素が必要不可欠で、後者にすべての酸素を消費されれば、前者の行く末は、当然——「ひ」と。「ひっ、ひっ」と。化学変化という、もっとも原始的な、そして原子的な『動き』の前に、生存のための静止を選ぼうとしていた寡黙な戦士……寡黙な『元』戦士は、「ひいいんっ！」と、最期に大きく嘶《いなな》いた。

3

……燃え尽きた銀行の外側に立っているのは、首なし死体である。バリケードごと金庫を燃やした——否、溶かした火炎を放射したのは、その首なし死体が生前、『巳』の戦士として背負っていた火炎放射器『人影《ひとかげ》』によるものだったが、当然ながら、彼のこの行為は彼の死後の支配者、『死体作り《ネクロマンチスト》』の指示によるものである。しかも受けた指示は、『子』を追えというものであって、金庫への火炎放射は、あくまでもついでに過ぎない。喋ることも、見ることもできない彼の『首から下』は、しかし、『子』をしとめ損ねたことは察し、焼け跡には何の未練もなさそうに背を向けて、まさしく蛇のようなしつこさで、獲物を追った。こうして、防御に徹した『午』の戦士・迂々真は、戦いを避けた甲斐あって、戦うこともなく敗北できた。

(○卯—午●)

（第六戦——終）

第七戦

竜頭蛇尾（先攻）

断罪《たつみ》兄弟《きょうだい》・弟《おとうと》◇『金が欲しい。』

本名・積田剛保《つみたたけやす》。十月十日生まれ（戸籍上）。身長164センチ、体重58キロ。双子の兄と共に戦士として戦う若武者である。何かとあくの強い戦士同士が戦場でコンビネーションを組むことは本来とても珍しいのだが、『辰』と『巳』の兄弟は伝統的に二人一組で戦う。その優位さは語るまでもない。中でも今代の断罪《たつみ》兄第は、『断罪』の歴史の中でもナンバーワンという息の合いかたである。弟である彼は、『火』を武器に戦う戦士であり、彼が通った戦場は、戦死者の区別がつかないほどの焼け野原になると言われている。戦士になっていなければ、放火魔になっていたと公言する文句なしの危険人物。武器は背負って装備する火炎放射器『人影《ひとかげ》』である。これは『影も残さず人を焼く』という含意《がんい》で、当然ながら、『火蜥蜴《ひとかげ》』とのダブルネーミングなのだ。自宅では様々な種類の爬虫類をペットとして飼っていて、彼が密かに運営する育成ブログは、その道のマニアから非常に人気が高い。大切に育てたペットが悲しくも寿命を迎えたら、焼いて食べる。戦場では殺したら殺しっぱなしの彼も、ペットに対しては、最後まできちんと面倒を見るのだった。

1

第十二回十二大戦――現在の生き残りは、干支《えと》周り順に、『子』『丑』『寅』『卯』『辰』の、五名となっている。参考までに彼らのここまでの戦績を記しておくなら、『卯』が『巳』『亥』『申』『午』の四戦士を殺していて、あとは『丑』と『寅』が一名ずつ、それぞれ『酉』と『未』を殺している――『子』は誰にも勝利していないし、『辰』に至っては、誰とも戦ってさえいない。しかしもちろん、言うまでもなく十二大戦は、殺した戦士の数を競う戦争ではないし、極言すれば、誰が一番強いかなんて、あまりにもどうでもいいことだ。一度も、誰とも戦わずに勝利を収めるような番狂わせも、ルールや展開によっては大いにありえる。それを踏まえた上で現況の戦局分析をするならば、生き残った戦士の中で唯一、チームの作成に成功している『卯』が、やはり飛び抜けて有利だということになるだろう――現況と言うより、彼の場合は元凶なのだが、しかも彼が形成するチームはただのチームではなく、死体によって構成された、極めて統率のとれた、一枚岩のチームである。『亥』の死体こそ鳥の群れに食べられてしまったが、現在の手持ちの死体だけでも、他の戦士達にとっては、相当の脅威になる。人数が半分以下に減ったここからこそ、ラビット一味は、より脅威を増すのである。逆に言えば、そのチームを崩すことが、十二大戦の後半戦の主題となってきて、そのためのもっともシンプルなやりかたは、『卯』以外の四人が一時的にでも手を結んで、チームにはチームで挑むことなのだが、しかしそれは机上の空論であり、実現することのない夢物語である。チームの結成に積極的だった『申』は、今やラビット一味の一員だ——しかも、生き残った戦士の中にいる一人、『辰』がよくなかった。目下のところ、誰とも戦っていない、もっとも動向の知れない戦士——彼の戦歴をどこまでさかのぼって探ったところで、否、戦場を離れた日常生活の中ですら、彼は、弟以外の誰かと、組んで行動を起こしたことはないのである。ゆえに当座、『卯』の戦士・憂城が率いる死体の軍勢を、阻止する建設的なすべはない——

2

「『辰』の戦士——『遊ぶ金欲しさに殺す』断罪兄弟・兄！」

「『巳』の戦士——『遊ぶ金欲しさに殺す』断罪兄弟・弟！」

……そんな風に勇ましく、兄弟揃ってポーズを決めながら名乗りをあげることは、もう、ない。少なくとも断罪弟は、名乗りをあげるための声帯をまっぷたつに切断されている――見ることも聞くことも嗅《か》ぐことも喋ることもできないままに、彼は、彼の死体は、十二大戦の舞台であるゴーストタウンをさまよい歩いている。ゴーストタウンに『歩く死体《ウォーキングデッド》』は、まるであつらえたようによく似合うが、しかしそうは言《い》い条《じょう》、断罪弟は、目的もなくさまよい歩いているわけではない。意識がないので目的意識はないが、しかし目的はある――もっともその目的は、命令の上位系統からただ与えられただけの、『あいつを殺せ』という、無機質でシステマティックな、死体よりも血の通わない指示に過ぎないのだが。探す相手は『子』の戦士。『子』の戦士だとわかって追っているわけではない。今の彼には、わかるとか、わからないとか、そんなことはもうどうでもいいのだ。たとえどうでもよくないことでも、どうでもよくなってしまっている。意識がなければ思考もできない、思考がなければ判断もできない、判断がなければ停止もできない――歩き続ける、動き続ける死体だった。元より属性が地を這う『巳』である彼は、たとえ見えなかろうが聞こえなかろうが、地面からの振動を足の裏から敏感に感じ取り、周囲の状況を把握し、反応することができる――否、死んでいる以上、『感じ取る』ことはできず、あくまで刺激に反応しているだけで、それは理科室のテーブルの上で、差し込まれた電極に反応して足が動く蛙《かえる》の下半身と、だいたい似たようなものなのだが――ともかくその高機能レーダーにも似た独自の技能、『地の善導《ぜんどう》』があるがゆえに、『子』の少年がたとえどこに逃げようとも、仮に金庫の中に隠れようとも、追い続けることができるのだった。それでも、あくまでゾンビはゾンビであり、ゾンビでしかないから、スピードだけは求めるべくはないのだが——意識がないから諦めることもない断罪弟は、延々といつまでも、足が腐って折れるまで、あるいは折れようとも構わず、捕捉した目標をしつこく、いついつまでも追い続けるのだった。

……ちなみに、彼の頭部のほうは、『卯』が持ち歩いている。『申』を殺したときに見事有効活用された『巳』の頭部だが、あの『死体作り《ネクロマンチスト》』にとっては、まだ何か、他に使い道があるのかもしれなかった。

実際のところ、そのあたりは難しい問題だ。人間とは、どこまで含めて人間なのか——始まってしまえば最後、終わることのない議論である。人体の、どの部分が人間なのか。頭部を胴体から切り離したとき、『彼』という個人の命は、どちら側に宿っていたことになるのだろう？　脳があるのは頭部だが、心臓があるのは胸部である——道具を使うのは両手であり、道を歩くのは両足だ。更に言えば、人間は、どの時点で、『死んだ』ことになるのか？　心臓が止まっても、五分以内に鼓動を復活させれば、脳には影響がないと言う——脳が機能を停止しても、現代の医療技術を持ってすれば、肉体を生かし続けることはできる。あるいは、人間を体積で考えたとき、そのうちごくわずかしか占めない肝臓でも摘出すれば、それだけのことで生きていくのはとても難しくなる。頭髪を切っても痛みはないが、しかし、その頭髪にだって個人個人の遺伝子は刻まれている——幼少期に抜けた乳歯は、もう自分からは切り離された別の生命なのだろうか？　死体なのだろうか？　瞳孔が開き、死亡が確認された遺体でも、しばらくの間はあたたかい——そのぬくもりは、生命とはまったく違うものなのか？　煎じ詰めればきりのない生命倫理だが、幸いなことに、死体を使役する『卯』にはそれを考えるような倫理観がなかったし、使役される死体の『巳』にはそれを考えるような意識がなかった。ぬくもりがまったく感じられない無機質な指令に従って、あくまでも断罪弟は——首なし死体は、ゴーストタウンを徘徊《はいかい》する。逃げ出した鼠《ねずみ》を捕らえるまで——

「うぃー、ひっく」

と、そのとき、死体よりももっとふらふらした、まったく覚束《おぼつか》ない足取りで、断罪弟の行く手に、一人の酔っぱらいが現れた。

3

とっくに十二大戦の膠着状態、つまり、戦士同士の様子見、腹の探り合いの段階は終わっている。あちこちで戦いは発生していたし、何より、断罪弟がやらかした、銀行放火が決定的だった。金庫を溶かすために彼が放射した炎は、当然ながら多大なる周辺被害を生み出していて、延焼類焼の被害が、燃えるものがなくなって立ち消えになるまでには、さすがにそれなりの時間を要した。ゴーストタウンに打ち上がったその巨大な狼煙《のろし》は、それを見た全員の意識を切り替えた——もう大戦は、後半戦どころか、終盤にさえさしかかろうとしているのだと、否が応にもそう知らしめる炎の柱だった。それは、へべれけの酔っぱらい、『寅』の戦士にしたところで同じである——ゴーストタウン内の公園から、炎立つ方向へと向かって、彼女はのろのろと、その千鳥足でここまでやってきたのだった。薄着でほろ酔い、いや悪酔いの若い娘——かかわり合いになりたくないと、目を背けたくなるような醜態の戦士に、しかし、断罪弟は、何の反応も示さない。ここで抱くべき嫌悪感なんて、死体の彼にあるはずもない。ただし、当然ながら、『死体作り《ネクロマンチスト》』からの無機質な指令には、『子』以外の戦士でも、『追跡を妨げる戦士も殺せ』とある——無機質に彼は、その指令に従うだけである。相手が若い娘だとか、酔っぱらいだとか、そういうことには関心がない——なぜなら心がないからだ。「ぐるるう……。うん……あっれあれ？　あんた、首、どっかに落としてきちゃったのお？　ん——ええっとお」不思議そうに、自分こそ落としそうなくらいに首を傾げながら、『寅』の戦士は言う。彼女は今のところ、まだ十二大戦に『死体作り《ネクロマンチスト》』が参戦していることを知らないので、ここでばったりと遭遇した、徘徊する首なし死体は不思議どころではなく、かなり奇異に映るはずなのだが、しかし酔っぱらって血の巡りが悪いのか、それともアルコールの巡りがいいのか、それ以上の反応はしない。「ああ、あたい、思い出したよお……、その格好？　背負ってる、その、格好いい奴？　あんた、始まる前から殺されてた奴だよねえ——ぎゃは」からかうように指さされても、それで腹を立てるようなことはない。こういうタイプが一番嫌いだった生前の断罪弟だったなら、間違いなく激高していたであろうシーンだが、しかし、死体の彼は、好き嫌いをしない。差別も蔑視もしない——返事も応答もしないように。「ってことは……、どういうことになるのかなあ。ぐるる、あたい、難しいことはよくわかんねーって……おっおっと！」『死体作り《ネクロマンチスト》』についての知識が元からないのか、それとも酔って思い出せないだけなのか、まったく真相を導き出せずにいる『寅』に、断罪弟は攻撃を仕掛けた。金庫を溶かした火炎放射器『人影《ひとかげ》』である——間一髪、なのか、それとも余裕だったのか、『寅』は、バク転でそれをかわした。ただし、着地には失敗する。ぺしゃんと、スライムでも地面に落としたみたいに、地面に寝そべるような形になる。伝わってくる振動でそれを把握した断罪弟は、続けざまに火炎を放射する。容赦のない追撃。しかし酔っぱらいは、虎は地に伏してこそが虎であると言わんばかりに、そのまま立ち上がろうとはせず、器用に転がるように、その炎もするりとかわしてみせた。「サーカスじゃねえんだからよう——あたいに火の輪くぐりとか、させてんじゃねえよ、てめえ」言いながら、巧みに距離を取る。そして公園で『未』の戦士と対峙したときと同じように、四つん這いに構えた。酔えば酔うほど強くなる——酔拳である。

「ぐるるるるるるる……」

威嚇《いかく》するように、長くそう唸る。戦士どころか、まさしく獣の様相である。しかし、そんな威嚇など、死体に通じるわけもない。断罪弟は、それが決まりきった万古不易《ばんこふえき》のルーティンであるかのように、火炎放射器の射出口の角度を、炎が彼女に届くように、調整するだけだった。

「ちっ……、ったくよお。酔っぱらいに浴びせるべきは、火じゃなくて水だろうがよお。ただでさえ喉がからっからに渇いてるところを、乾かしてくれやがって。あたいの喉は、とっくに焼けてんだってえの」

絡むようなことを言ってくる四つん這いの『寅』に向けて、みたび、断罪弟は、今度は地面のアスファルトを、一帯溶かしてしまうような強力な炎を――

「『寅』の戦士――『酔った勢いで殺す』妬良」

――浴びせる前に、火炎放射器のトリガーを今にも引こうとした断罪弟の右腕が、吹っ飛ばされていた。死体ゆえに痛みはないし、自分の肉体の重要な一部が、鋭い爪によって引き千切られたショックもない。アスファルトの上を転がっていく自分の腕を、追おうともしない――が、背中が急に軽くなったことには、死体の彼も、さすがに反応した。なくなったのは右腕だけではなく、断罪弟が背負っていた、火炎放射器もだったのだ。あくまでも四つん這いとは言え、今度はきちんと着地した酔っぱらいは、断罪弟から、すれ違いざまに火炎放射器を奪っていた。「これ、中身、アルコールだよなあ？　ぐるるう。いただくよお」そう言って、彼女は火炎放射器『人影』のタンクからキャップを外し、驚異のラッパ呑みを始める。当たり前だが火炎放射器のタンクの中に入っている液体はアルコールではないのだが、燃えるなら似たようなものだと言うがごとく、ぐびぐびとうまそうに、いったい何ガロンあろうかというような揮発油を、手品のように呑んでいく。あっという間に、タンクは空っぽになってしまった。「ごっそさん」と言って、火炎放射器を断罪弟へと投げ返してくる酔拳使い——断罪弟はそれを受け取らずに、ただ地面に落ちるに任せ、自身は『寅』へと、頭のない身体を正面に向けて、先ほどまでとは違う姿勢を取る。「…………？」と、これにはさすがに、酔っぱらいも気付いたらしい。なにせ片手が飛ばされているので、わからない者にはわからないだろうが、しかし『寅』にはわかる。「おいおい、蛇拳《じやけん》かよ……いいじゃない、いいじゃない。酔拳対蛇拳なんて、なかなか今、やる奴いないよお？」と、とみに歓喜の表情を浮かべた彼女だったが、しかし次の瞬間には「ぐる？」と、急激に不機嫌そうになる。そんな感情のアップダウンも、酔っぱらいの典型的な習性ではあったが、「ぐるるるるぅ……！」と、歯をむき出しにし、怒りさえ感じさせるそんな唸りかたは、少し極端だった。「あー？　なんだそれ、あんた、本当にただの死体なのかあ？　誰かに操られてるだけの死体なのかよ、こん畜生が、ええ？」しかも、今更、そんなことを言い出す。『死体作り《ネクロマンチスト》』の知識があろうとなかろうと、ここまで来れば、それくらいは酔いどれの頭でもわかるらしい――そう、なにせ、彼女が引き千切った右腕の断面から、出血が一滴もないのだから。

……断罪弟が、『死体作り《ネクロマンチスト》』の『卯』に殺されてから、もう何時間も経っている。死後硬直が起こりつつあり、動きは更に鈍くなっていて、そして体内の――死体内の血液も、完全に凝固しつつあった。だからと言って、元々緩慢なゾンビの動きにはさしたる変化はないのだが、しかしそれが、どうやら、『寅』には許せないらしかった。『酒よりもなお、血に酔う酔拳使い』には――「あー、もう、やめだやめだ、馬鹿馬鹿しい！　今宵の虎鉄《こてつ》は血に餓えてたってのによおー！」と、一方的に構えを解いて、立ち上がってしまう。なんとも勝手な言い分もあったものだが、とは言え、大局的に見れば、彼女がここで戦う気をなくしてしまうこと自体は、ごく普通のこととも言える。血に酔いたいとか、そういうフェティシズムについてはともかくとして、現状、十二大戦を生き残っている戦士の一人としては、ここで断罪弟と戦うメリットは、ほとんどないのである。『巳』の死体は開戦前に既《すで》に殺されていて、だから彼は、ルール上重要なアイテムである毒の宝石を、そもそも呑み込んでいない――持っていない。ゆえにここで彼と戦い、仮に勝利したところで、得るものは特にないのである。強《し》いて言うならば、ラビット一味の戦力を削《そ》ぐことができるという戦略上の意味はあるけれど、それはどうしても、今ここでやらなければならないことではない。あくまでも最終的に優勝を目指すのであれば、死体の相手は、ライバルである他の戦士に任せてしまう……押しつけてしまうという選択もある。それにより、ラビット一味の人数が更に増大する可能性もあるが、その逆の可能性がないではなし、また最高に理想的にはまれば、戦士と死体の共倒れというコースもある。他方、最悪の場合は、自分が死体相手に不覚を取るリスクだってあるのだから、無駄に命をかける必要は、『寅』にはないのだ——べろべろに酔っている彼女に、そこまで深い考えがあったかどうかはともかくとして、少なくとも、やる気はまったくなくなってしまったようだ。そしてやる気がないことはやる気がないという風に、本当にその場から離れていこうとする。相手の右腕と、武器を使い物にならなくした挙句に、戦おうともせず一方的に去ろうとする、信じられないほどの勝手さだが、そんな傍若無人な態度にも、死体である断罪弟は、無反応——否。これにもまた、彼は反応せざるを得ない——彼女の無手勝手な振る舞いに対して、どう振る舞い返すべきなのか、迷いが生じてしまう。

と言っても、それは、傍若無人に対する怒りや憤《いきどお》りということではない。そばにいるのは死体なのだから、彼女が傍若無人であるのは、ある意味当然のことだ。別に気遣って欲しいわけではない——が、立ち去ろうとする彼女を追うべきか、追わざるべきかは、断罪弟に組み込まれている命令からすると、二律背反が起こるところなのだ。間違ったプログラムを入力すればコンピューターにバグが発生してしまうように、どれだけ『死体作り《ネクロマンチスト》』に忠実な死体であろうとも、絶対に『仲間』を裏切らない『お友達』であろうとも、命令自体が矛盾していたならば、それに従うことはできない。たとえば『空を飛べ』と言われても、『巳』にはそれは不可能な注文だし、『右を向きながら左を向け』と言われても、やっぱり『巳』には不可能だ。まあ、後者については、死体ゆえに、自分の身体を引き裂いてでも実行するかもしれないが――ともかく、断罪弟は現在、ロックオンした『子』の戦士・寝住と戦い、殺せという指令を受けていて――それを妨げる戦士も殺せと言われている。一見、何の無理もない、どころか、満遍《まんべん》なく事態に対応できる幅広い指令だが――元より、思考することのできない死体には、そんな複雑な指令は出せない――しかしこの指令、『断罪弟の追跡劇を邪魔しない戦士』への対応が、宙に浮いている。一度は行く手を遮《さえぎ》って、しかしその後、気まぐれにも離反していくというような、謎めいた行動を取る酔っぱらいを、追撃するという選択肢が彼の中でどうしても生じず、だから結果、迷うことになる。ここで『寅』を見逃してはならないのは死体でもわかることなのに、しかし、その適切な行動が取れずに、結果、『歩く死体《ウオーキングデッド》』の動きが停止する――もちろん、それはほんのわずかな、瞬間的な出来事だ。そんな逡巡《しゅんじゅん》は、死体の中でループするようなものではない――その場から『寅』が完全に見えなくなってしまえば収まるものだし、そうでなくとも解決するレベルの問題である。やはり、くだされたもっとも重要な至上命令が『子』の追跡である以上は、『寅』よりも『子』を追うべきであると、断罪弟は判断していただろう。

……ちなみに、断罪弟に『子』の相手を命じた『死体作り《ネクロマンチスト》』の『卯』は、別に『もっとも重要な至上命令』というような重さを込めて、そんな指示を出しているわけではない。あくまでも、あのとき、『申』を自らの眷属《けんぞく》とするために、その目的を妨げかねない邪魔者を遠ざけるために、断罪弟の首なし死体へ、『子』の少年を引きつけておくよう指示を出したのだった――今はただ、その命令が、取り消されることなく、生きているというだけの状態なのである。『卯』にとっては、他に何か出すべき指令があれば、それであっさりキャンセルしてしまうくらいの、他愛のないプログラムだった――まさか、取り消すのを忘れているだけということはないだろうけれど、いずれにしてもそんな、取り消されるのを待っているだけのような命令に忠実に従い、断罪弟が、立ち去る『寅』の娘をロックオフし、再び『子』の少年の追跡を開始しようとした正にそのとき、

4

「『丑』の戦士――『ただ殺す』失井」

と、細身のサーベルが、死体の身を襲った。

今度は左腕が吹っ飛んだ。乱暴に引き千切られた右腕とは違い、まるでプレパラートでも添えてあるかのごとく、真っ平らな断面である。もちろん、そこから血液が噴出することはない。バランスを崩され、その場に倒れる断罪弟……、これで断罪弟は、頭部と、両腕を、胴体から切り離されたことになる。それでも死なない――否、もう死んでいるのだが、それでも肉体は滅びない。うねうねと、緩慢に立ち上がろうとする。

「………」と、そんな様子を、陰鬱《いんうつ》な雰囲気を持つ戦士――『丑』は、無言で見下ろす。立ち上がるのを待っているかのようなその態度は、戦士としての振る舞いと言うよりも、相手が死体であるがゆえの、当然の配慮だろう。生きている人間と違って、どんな奇抜な動きをするか、予想もつかないのだから。刺して動かなくなるというものでもない以上、削って動かなくするというのが、この場合のセオリーだった。だから、まず最初に腕を切り落としたのは、別に狙いを外したわけではない。まして手心を加えるはずもない。削り殺しだ――立ち上がったなら、次は足を切り落とす。『死体作り《ネクロマンチスト》』だろうとなんだろうと、『歩く死体《ウオーキングデッド》』だろうとなんだろうと、物理的に動けなくしてしまえば、それはもう、通常の死体と同じである。『寅』の娘と違い、戦士としての意識が高い『丑』である――ふらふら歩く『亥』の死体を発見したときは、そのあからさまな罠に近寄りはしなかったが、倒すべき機会が見えたなら、当然、リスクを恐れず、細かい損得勘定などせず、『歩く死体《ウオーキングデッド》』だって、『ただ殺す』。「ん……、いや、少し待っておきたまえよ。何も焦ることはないのではないかね?」と、そこで『丑』が言ったのは、立ち上がろうと四苦八苦する断罪弟の死体に対して、ではない。『申』が平和主義者だったとするなら、極めて求道的な合理主義者である『丑』は、『死体に話しかける』なんて、およそ自己完結している行為には、まったく意味を見いだせない——だから、彼が注意を促《うなが》したのは、「ぐるるう」と、その場に舞い戻ってきた『寅』に対してだった。一度はここからの離脱を宣言した彼女は、その舌の根も乾かぬうちに、ふらりと帰ってきたのである——しかも、最初から四つん這いの姿勢で。あれだけの揮発油を浴びるように呑んだのだから、そりゃあ身体の中は、舌の根に限らず、からからに乾いているだろうが。どうやら、戦闘の気配を感じて踵《きびす》を返してきたようだ——酔っぱらいなのに、あるいは酔っぱらいゆえにか、変なところで鋭い。当然、『丑』の熟練のサーベルが、断罪弟の左腕を切断するときには音などしなかったが、伝わったのは、その腕が地面に落ちたときの音だろう——あるいは。

あるいは血に酔う獣は、血の香る剣士を嗅ぎつけたのかもしれない。

四つん這いの獣と陰々滅々の剣士は、のたうつ死体を挟んで対峙する。すさまじく奇妙な状況だが、思わぬ形での三竦《さんすく》みである。三竦みと言っても、蛇と蛙と蛞蝓《なめくじ》の三竦みではなく、蛇と虎と牛の、しかしおよそ巴戦にはなりそうもない三竦みだが——「待てないのかね？　今はこの死体を片付けるのが先だと思うがね……安心したまえよ、きみがこんな無惨なゾンビにならないよう、私がきちんと殺害してさしあげるから。……察するに、きみは『寅』の戦士かね?」「……あー、そうだよ」そう答える『寅』は、先程まで、死体を相手にしていたときのような、軽薄な態度はない――まるで酔うと黙ってしまうタイプのように、軽口を叩こうともせず、きつく睨みつけている。「そういうお前は、『丑』だよなあ?『皆殺しの天才』、戦士・失井――」「ん。私を知っているのかね?以前、どこかで面識でもあったかね?」ただ有名人だから知っている、というような言いかたではなかったので、『丑』はそう問いかけたが、『寅』は答えない――ただ、爪を研ぐように、がりがりとアスファルトを削る。そして、目の前でうごめく断罪弟が、血液の凝固した死体だと知ったときよりも更に深く、「ぐるるるる……」と唸る。それを聞いて、『丑』は嘆息する。「やれやれ。どこかで恨みでも買ったようだがね。さしずめ、きみの親でも殺したかね」それがまるで、よくあることみたいに、ありふれた出来事みたいに言って、『丑』はサーベルの先端の照準を、断罪弟から『寅』のほうへと、向け替えた。『皆殺しの天才』は、断罪弟の死体が立ち上がるまでに、『寅』の戦士を始末しうると、判断したらしい――順序を変えてもさして大過ないと、判断したらしい。「『丑』の戦士――」「『寅』の戦士――」と、二人の戦士が、十二大戦の優勝候補の二人の戦士が、同時に名乗りをあげようとしたが、しかし、その名乗りは途中で遮られることになる。名乗りを遮られるなんて暴挙の体験は、『丑』はもちろん、『寅』にしても、戦士になって以来初めてのことだった。

断罪弟の、乱暴に引き千切られた右腕と、綺麗に切断された左腕が——それぞれ、『寅』の首と、『丑』の喉元に飛びついて、がっちりと五指を食い込ませていた。

首を絞めようとしているのではなく首の骨をへし折らんとしているように、胴体から切り離された断罪弟の腕が、胴体から切り離した下手人《げしゅにん》の喉を、握り潰そうとする。「ぐるる……」「ぐっ……ぬうっ」人間はどこまでが人間なのか、命はどこまでが命なのか——そんな生命倫理ごと、二人の屈強な戦士を、二本の腕が同時に握り潰そうとする。

首なし腕なし死体は、まだ立ち上がれない。

5

そんな様相を——『丑』と『寅』と首なし死体に、更に右腕死体と左腕死体とが入り乱れた混戦を、空から見下ろす視線があった。『鵜《う》の目《め》鷹《たか》の目《め》』ではない。どころか、鳥の飛行高度よりも、更に上空から、遥か上空から——ほとんど成層圏から、悠然と見下ろす視線があった。

戦いの推移を見守ると言うよりは、まるで、出来の悪い弟の頑張りを見守るかのようなその視線の持ち主は、果たして、鳥よりも自在に空を駆ける、干支十二獣において唯一無二の空想生物、『辰』の戦士——断罪兄のものだった。

（第七戦——終）

（後攻に続く）

第八戦

竜頭蛇尾（後攻）

断罪《たつみ》兄弟《きょうだい》・兄《あに》◇『何も欲しくない。』

本名・積田長幸《つみたながゆき》。十一月十一日生まれ（戸籍上）。身長164センチ、体重58キロ。双子の弟と共に戦う戦士だが、一応、兄である彼が指揮官に当たる。頭のてっぺんから足のつま先までそっくりな双子の兄弟を区別する方法は、一人称。『俺様』と言うほうが兄である。だからそれを知っている人には割とバレバレなのだが、別に入れ替わりトリックを使うわけではないので、本人達的には構わない。断罪兄弟には戦士としてのポリシーがなく、金の折り合いさえつけばどんな国のどんな規模のどんな戦争にも参加する。戦士としてあるまじきその姿勢は干支十二家の中でもたびたび処罰の対象とされているけれど、しかし彼らが態度を改める様子はまったくない。以下は弾劾《だんがい》裁判に出廷した際、弟を庇《かば》う形で兄がした反対弁論である。「金持ちに高い税金をかけても、結局、その税金は金持ちのために使われる。だから俺様達が税金の正しい使い道を教えてやってんだよ」事実彼ら兄弟は、戦士としては瀆職的《とくしょくてき》なレベルの悪逆非道な戦闘行為によって、資産家や富裕層から巻き上げた金を、ほとんど慈善事業に使い込む。大量殺戮《さつりく》で得た金を、一人の恵まれない子供を救うために使う。それは彼らが義賊だからでも善人だからでも実はいい奴だからでもツンデレだからでもなく、『悪事で稼いだ金を善行で散財する』という『遊び』を、退廃的に楽しんでいるからである。実はいい奴の振りをしているうちに実はいい奴になってしまわないよう、常に自戒する。弟の火炎放射器『人影《ひとかげ》』と対になる氷冷放射器『逝女《ゆきおんな》』を背負う。タンクの中身は液体水素。正直、『人影』に比べて使い勝手が悪いと思っている。

1

これもまた、あくまでも途中経過でしかないのだが、第十二回十二大戦の、現在の参加戦士がそれぞれ、勝利条件である毒の宝石を、いくつずつ持っているのかを整理しよう。なにぶん殺し合いばかりが目立ってしまうのでわかりにくいが、優勝資格を持つのは、体内に呑み込んだ分も含めて、毒の宝石を十二個揃えた戦士である。トップはやはり、『卯』の戦士・憂城だった――彼は体内の宝石の他に、みっつの宝石を所有している。串刺しにした『亥』の宝石、肺を潰した『申』の宝石、そして焼き殺した『午』の宝石だ。『午』を焼き殺したのは厳密には『巳』の死体がおこなった、集中砲火ならぬ集中放火だが、当然、『死体作り《ネクロマンチスト》』の彼は、仲間の動向をおおむね把握しているので、のちに回収している。溶けた金庫室を解体するのはなまなかなことではなかったし、また『鐙《あぶみ》』である死体の腹を割いて宝石を取り出すのにはそれなりの創意工夫が必要だったが、そこは仙術使いの『申』の死体が役に立った――まさしく互いが互いの足りないところを補う、助け合いのチームである。一番足りないのは良識なのだが、今となっては生者も死者も、チーム全員が持っていないものは、さすがに補い合いようがない。

それはともかく、宝石保有数の次点は、『丑』である。彼が殺した戦士は、今のところ『酉』一人だけなのだが、その『酉』が『戌』の宝石を、それ以前に獲得していたので、結果として彼は現在、自分のものを含めて、みっつの宝石を持っている。そして『寅』が、自分の宝石と、『未』の宝石とで、合計ふたつ——さしものへべれけも、さすがに十二大戦の本分を忘れてはいなかったから、ちゃんと老人の懐《ふところ》から、宝石を回収している。もっとも、酔いの回った頭では、どうして『未』が、懐に宝石を持っていて、爪でぱくりと切り裂いた老体の中には何もなかったのかを、疑問に抱くことはできなかったが……、何にせよ、彼女の持つ宝石の数は、ふたつ。ならば、現状『子』と『辰』は、体内の自分の分しか持っていない同率最下位なのかと言えば、そうではない。忘れてはならないことに、『卯』によって、大戦開始前に敗退させられている『巳』の宝石は、最初のどさくさのうちに、兄弟の特権を利用して、『辰』が我がものとしているのである——ゆえに、単独最下位が『子』で、『辰』は『寅』と並んでの同率三位なのだ。

そんな風に言うと、『辰』が、前評判通りの悪辣《あくらつ》さを発揮したようにしか聞こえないけれど、しかし、実のところ、それはそれで、結構なリスクでもあった——実際、十二戦士の中には、彼の行動を卑怯だと思う以上に、愚かだとさえ思う者もあった。そんなことをして目をつけられて、いいことなんてないのに——と。事実、ルールが発表されてみれば、今回の十二大戦の本質は、宝石の取り合い、奪い合いである。最初の時点で、一人でふたつ宝石を持っている者など、コストパフォーマンス的な観点から言っても、いい標的である——そのまま大戦がスタートしていれば、彼が狙い目にされるのは、火を見るよりも明らかだった。他の全員から標的とされかねないポジションを、『辰』は自ら確保したようなものだった——にもかかわらず。

にもかかわらず、彼は——断罪兄は、ここまで誰とも戦っていない。

……これは考えてみれば、実に異常なことである。今回の十二大戦において、ぶっちぎりの違和感だ。大戦が進行し、もう、最初にふたつ持っていたアドバンテージはリスクと共に均《なら》されてしまったけれど、少なくとも序盤戦においては、彼は戦うメリットの大きい相手として、狙われる可能性が高い戦士だったはずなのに、それなのに、『子』とも『丑』とも『寅』とも『卯』とも『午』とも『未』とも『申』とも『酉』とも『戌』とも『亥』とも戦っていない。自分がどれだけ戦うまい戦うまいとしたところで、普通、ここまでうまく戦いは避けられない。平和主義者の『申』でさえ戦わざるを得ない状況に追い込まれたことからもわかるよう——宝石所有数最下位の『子』にしたって、その『申』と遭遇したり、『酉』とばったり出くわしたり、『巳』の死体に追われたり、『午』と金庫の中で話したり、参加戦士とのエンカウント自体は生じているというのに、思えば十二大戦がスタートして以来、断罪兄の姿を目撃した者はひとりもいなかった。膠着状態に陥《おちい》った中、戦士達がバラけて以来、よっぽどうまく隠れたのか？

『鵜《う》の目《め》鷹《たか》の目《め》』でも、『死体作り《ネクロマンチスト》』による探索でも見つからないくらいに？　――ありえないことだが、それもそのはずである。

断罪兄は大戦勃発以来ずっと、誰の目も、何の目も届かない上空に――否、『空の上』に、いたのだから。

隠れてなどいない、堂々と腕を組んで、眼下を睥睨《へいげい》するように。これぞ断罪兄の独自の技、戦士としての切り札にして通常技――名付けて『天の抑留《よくりゅう》』である。『酉』の戦士の『鵜の目鷹の目』が、どれほど地上を鳥瞰《ちょうかん》したところで、その更に上に立つ断罪兄の姿を、見下ろせるはずもない。空想上の生物である竜は空に住み、いつでもすべてを見下ろす側だった。今もまた、（…………）と、遥か真下のゴーストタウンでおこなわれている、『丑』と『寅』、そして彼の弟である『巳』の死体の混戦を、打ち眺めている。（本当、いいように使われてやがるな、俺様の弟は。しかしまあ、『午』を焼き払った上に、『丑』と『寅』をのど輪で同時にくびり殺すとか、生きてるうちには絶対にできなかっただろう、破格の大手柄だが、しかし――）断罪兄のその表情には、スタート地点で他の戦士に見せていたような軽薄さはない。むしろ、悠然と構えたその態度からは、重厚な風格さえ感じさせる。彼ら兄弟は偽悪的と言うのか、内向きに閉じていて外に理解を求めない傾向があるゆえ、普段は過剰にちゃらけた若者を装うところがあるのだが——弟が目の前で殺されてさえ、その『演技』は続けられ、その甲斐あって、断罪兄は、弟の分の宝石を、うまく入手することができたのだが——実際のところは、意外と沈着な性格だし、空の上で何時間も待っていられるような根気もある。そして弟の戦いを、弟の死体の戦いを、分析するだけの卓越した知能もあった。無数の戦場をそうやって観測してきた見巧者《みごうしゃ》である彼をして、瞠若《どうじやく》たらしめる弟の奮戦に、ただのめり込んではいない。（——さすがに、あの二人もこのまま、倒されたりはしないだろうなあ。さてさて、だとすると俺様はどうしたもんかね？　このまま、ぎりぎりまで空の上から、文字通りの高みの見物を決め込もうかと思っていたけれど、『寅』はともかくとして、優勝候補筆頭である『丑』の旦那を始末できる機会を、逃すべきじゃねーかもなあ——）

2

「ぐるるるるるるるる……」唸り声だけがむなしく響く。自分の喉に張り付いた断罪弟の右腕をなんとか引き剝がそうと、『寅』はがりがり爪を立てるが、しかし、首根っこを押さえつけられていることで、力がうまく入らない。この形では酔拳も何もない、首をつかむ相手をぶん殴ろうにも、殴るべきボディは、離れた場所でいまだ地を這っている。『寅』のように唸り声こそあげていないものの、『丑』もまた、彼女と同じ苦境に立たされていた。サーベルで突くには、断罪弟の左腕は、あまりにも『丑』の喉に密着している。天才をもってしても、この体勢では自分の喉を突いてしまいかねない。『丑』の芸術的な剣術の腕は、こんな腕だけの敵を相手に想定されていない――それにしても、すさまじい力だった。とても人間の力とは思えないし、戦士としてさえ、行き過ぎである。巨体を誇った『午』でも、ここまでの握力はなかったのではないか――これも、『死体作り《ネクロマンチスト》』に操られる、生命を失った死体だからだろうか？　いわゆる『人間は普段の生活の中では持てる力をセーブして、ほんの一部しか発揮していないけれど、ブレーキを外せば潜在能力を百パーセント発揮できる』理論か？　それにしたって、ふたりの戦士の首をつかむ腕の力は、すさまじ過ぎた。

　呼吸困難に陥りながらでは、海千山千の戦士にもわかるはずがなかったが、それは断罪弟の、蛇としてのあるべきありかたとも言えた。蛇は獲物にぐるぐるに巻き付いて、絡み付いて、締め上げて――獲物の骨をぐずぐずに砕き、呑み込みやすくするという生態を持つ。今、断罪弟の腕がなそうとしている偉業は、それと同じだった――海千山千は、そもそも、蛇に由来する格言である。「ぐるるるるう……」『寅』の唸り声に力がなくなってきた――その口からはぶくぶくと泡を吹きつつある。まだかろうじて意識はあるようだが、このままではその消失も時間の問題だろう。それを「………」と見て、『丑』は「『寅』の戦士。まだ聞こえるかね？」と、呼びかけた。首を握られているので大きな声は出せないが、どうやらなんとか『寅』には届いたようで、「あ……あん？」と、彼女は『丑』を睨み返す。「なんだあ？　あたいを気安く呼んでくれてんじゃ、ねーよお？」『丑』の声を聞いて意識を取り戻したのか、ある種気丈に、そんな風に毒づいてくる。それを受けて、『丑』はにやりと笑う。陰鬱に、にやりと。「きみが私を、何らかの理由で憎んでいることは理解した……、それを理解した上で、私はきみに協調を申し込みたいのだがね」「あ、ああ？　なんだってえ？　てめえ、酔いが醒めるようなこと、言ってんじゃ……」「安心したまえ。あくまでも、この状況を打破するための、一時的な協調だがね。チームプレイはバトルロイヤルの基本……ではないのかね？」「ぐ……ぐるる」『寅』はその誘いに、より強く、より激しく『丑』を睨みつけた――およそ誘いに応じそうもないそんな『寅』に、「約束しよう」と『丑』は続ける。「この状況さえクリアになれば、その後は、きみが望む条件で、きみが望むままに、決闘に応じる――十二大戦など関係のない、一対一の決闘だ。いいかね、きみが私に決闘を申し込むのではない、私がきみに、決闘を申し込むのだ」「！」『寅』が、本当に酔いが醒めたかのように、驚愕の表情を浮かべる。無理もない。どういう形であれ、『丑』の戦士・失井を知る者なら、その言葉の重みがわからないはずがなかった――ただでさえ、孤高の戦士である彼が、自ら協調を申し込んだというだけでも驚きなのに、こともあろうか、決闘まで申し込もうとは。「ぐ……ぐるる……わ、わかったよ。申し込まれてやらあ。で……あたいは、何をすればいいんだ？」精神的にはともかく、肉体的には最早限界なのだろう、『寅』が『丑』をせかすように早口で訊くと、「何もしなくていい——きみはそのまま、泡を吹いていれば」と言って、彼は、どれだけ首を握られようとも手放さなかった己がサーベルを、『寅』に向けて、渾身の腕力で投げつけた。否、投げつけたのは、『寅』の首を握り潰さんとする断罪弟の右腕に向けて——でもなく。まるで、さしもの天才も呼吸困難と痛みに負けてしまい、手元が狂って、狙いを外したかのように、『丑』が投擲《とうてき》したサーベルは、『寅』の足下のアスファルトに、刺さりもせずに、がらん！と、勢いよくぶつかっただけだった。

火花が散った。

「ぐるう!?」再び失いかけていた『寅』の意識が、一気に覚醒した——そりゃあそうだ、どのような状況下にあろうとも、その全身が炎に包まれて、目の覚めない人間はいない。わけもわからず、たまらず倒れる——いきなり燃え上がった自らの身体に混乱する『寅』だったが、これはサーベルを利用して、意図的に彼女の足下に火花を散らした『丑』からして見れば、当然の現象だった。泡を吹いていた彼女の、その泡を見れば——いや、そうでなくとも、彼女の全身から漂うアルコールの香りを嗅《か》げば、種火さえあれば、彼女が高らかに燃え上がるだろうことは、わかりきっていた。酔拳とか言って、あれだけぐびぐび、浴びるように酒を呑んだ挙句、火炎放射器のタンクの中身まで空っぽにあけてしまった彼女は、吹く泡までも、可燃性だった。「ぐっ……わおおおおおおおおおおおおおっ！」咆哮《ほうこう》のように叫びながら、『寅』は、炎に塗《まみ》れたアウターを脱ぎ捨て、そして地面を転がる。火事に遭った際、服に炎が燃え移ったときの正しい対応ではあったが、如何《いかん》せんこの場合、燃えているのは服というより彼女自身なので、転がっても転がっても、なかなか消えるものではない——そんな彼女を後目《しりめ》に、『丑』はそっと、彼女が乱暴に脱ぎ捨てた、まだ燃えさかるアウターを素手でつかみ、それをムレータのように手早く操り、自分の首を絞める、断罪弟の左腕をくるんだ。顔の間近での熱気に、自分も圧されることになるが——しかし、それでもくるみ続けるうちに、『くてっ』と、彼の首の骨を粉々にしかねなかった左腕死体が、急速に力を失った。

今更命が失われたかのように、ただの死体になった。

「茶毘《だび》に付して……成仏させたってところだがね……」引き剝がした左腕を、そのまま打ち捨てる『丑』——さすがに「くはっ、くはっ……はっ」と、その場にしゃがみ込み、苦しそうにせき込んだ。天才をしても、やはりこの局面は間一髪の命からがらだったようだ——その証拠に彼の喉には、深々と、断罪弟の手形が残っていた。痣《あざ》という範囲にはもう収まっていない、皮膚が破れ、まざまざと出血している。『死体作り《ネクロマンチスト》』の操る『死体』は、動き出せば止まることはない――引き千切ろうと切り離そうと、それぞれの部位が動き出す。だがその死体を、割と呆気《あっけ》なく止めた例もある――そう、『丑』が、割と呆気なく殺した戦士である『酉』が、『鳥《ちょう》葬《そう》』によって『亥』の死体を肉片ひとつ残さずに『供養』している。『丑』は、『酉』とはろくに会話もしていないので、その例を聞いていたわけでも、見ていたわけでもなかったけれど、そこは『皆殺しの天才』である――ここに来るまでに見た別の例から、類推した。

別の例というのは、『丑』が割とあっさり殺せなかった、『午』の焼死体である。金庫の中で蒸し焼きになっていた、巨漢の死体――直接的な死因は酸素不足から来る窒息死だろうが、ともかく、その死体は、動き出すことのない、ただの死体だった。『寅』がそうだったように、彼もまた、大規模火災の様子を探りに銀行を目指したのだが、立ち寄った場で発見したその死体からは既《すで》に毒の宝石は抜き取られていて、そのときはどうとも特に思わなかったが――殺し損ねた相手を殺したいと思うほど粘着質な天才ではない――、今となっては、あの『午』を焼き殺したのが『死体作り《ネクロマンチスト》』の配下の『巳』であることは火を見るより明らかだった。にもかかわらず、『午』が、『歩く死体《ウオーキングデッド》』と化していなかったことには――合理的な理由があるはず。そう推理することで、『丑』は、『死体を殺す方法』に、独力で辿《たど》り着いたのである。「ま……、単純に燃やして、殺し直しただけとも言えるがね。高温で細胞を焼いて、壊死《えし》させてしまえば、動くことはできまいよ。さて……」と、呼吸に苦しむ姿を見せたのは、ほんの数瞬のことで、『丑』はすぐに立ち上がる――ダメージが回復したわけではないが、まだ何も終わったわけではないのに、休憩などしてはいられない——「ん?」と、転がっていた『寅』のほうへと目をやると、彼女のほうも、もう消火作業は終えていた。何の説明もされていなかったので、最初はただただ混乱した『寅』だったが、酔っぱらいであれ、一応は歴戦の戦士である、『丑』の意図には気付いた。『死体作り《ネクロマンチスト》』に対して炎が有効だとか細胞を壊死させてしまえばいいとかいうような、そんな論理的帰結として理解できたわけではないが——これは彼女じゃなくとも、とても理解できるような状況ではない——しかし、死体の腕を燃やそうという作戦だということには、気付いた。だからアスファルトを転がりつつ、身体の外側の炎を消しつつも、むしろ自分の喉元を締め上げる右腕を胸に抱え込むようにした。そして焼き殺した——死体を焼き殺した。全身から炎が消えた頃には、彼女を苦しめていた執念深い右腕も、同じく『くてっ』と、力をなくした——握力がゼロになった。「てっ……めえええええ!」彼女もこれで命拾いしたわけだが、しかし、だからと言って、物も言わずに自分に着火した『丑』に、こうべを垂れて感謝するという流れになど、なるわけもない。「ぶっ殺す! ぶっ殺す! ぶっ殺す! ぶっ殺す! 悪戯《いたずら》の火遊びじゃ済まねえぞ、ぐるるるるう!」「その元気なら、のちの決闘には影響なさそうだ。大して火傷《やけど》もしていないようだがね」『丑』は、激高する『寅』には、それだけ応えた。感謝しない彼女に、謝罪することはない——彼にしてみれば、適切極まる行動を、手順を踏んで協調したのちに取っただけなのだから、責められる謂《い》われはないと考えたのだろう、彼女とのやりとりはそれで終わったものとし、そのまま『寅』から目を切って、緊急措置だったとは言え、乱暴に扱ってしまった自分のサーベルを丁寧に拾い上げながら、『まだ終わっていない』ほうへと顔を向けた。

すなわち——ようやく立ち上がった断罪弟の、首なし腕なし死体のほうへと。

「さて……意外と参ったかね、これは」絶体絶命のピンチを乗り切ったところで、彼の雰囲気は変わらず、陰鬱としたままだった——それもそのはず、断罪弟の首なし腕なし死体をどうしたものか、適切な手立てが、今の彼にはなかったからだ。両腕と同じように燃やしてしまえばいい、と言いたいところだが、しかし、そのための火種がない。『寅』がなんにせよ自力で消火してみせたように、腕くらいならともかく、人間の身体をひとつ燃やすというのは大仕事だ——かなりのスケールの火炎が必要となるけれど、しかし、『寅』の身体にべっとりとまとわりついていた、揮発した可燃性物質は、さすがにもう残っているまい。近くにガソリンスタンドでもあれば別だが、あいにく、そう都合のいい展開にはならないようだった——意味もなく、見える範囲に電気ステーションがあったが、しかし感電などさせたら、死体はむしろ活性化されそうでもある。ならば、サーベルで戦うしかないということになるが、だからと言って迂闊《うかつ》に切り刻めば、先程のスラップスティックコメディの繰り返しである。足を切ったらその足が、胴体を切ったら内臓が、地を這って『丑』を締めつけてきかねない。『削り殺し』は、

『死体作り《ネクロマンチスト》』に対しては有効な戦いかたなどではなく、むしろ逆効果にしかならないのだ。

……付言しておくならば、決してこれが、『死体作り《ネクロマンチスト》』のスタンダードなありようというわけではない。『歩く死体《ウオーキングデッド》』と言っても様々で、頭を砕けば動かなくなるゾンビだっている——断罪弟がこうも執念深く動き続けるのは、『卯』の戦士の、『死体作り《ネクロマンチスト》』の才覚が常識の枠を逸脱しているからでもあるし——そしてそれに負けないくらい、断罪弟が戦士として優秀だからに他ならない。『地の善導《ぜんどう》』——地面からの振動で周囲の状況を把握する、ソナーにも似た、彼の生前の戦闘スタイルが、ばらばらに引き千切られても戦い続けられる執念深さの裏打ちとなっている。もしも彼が、十二大戦のスタート前に殺されることなく、まっとうに一戦士として参戦していたならば、あるいは優勝候補の一角に食い込めていたかもしれないくらいの実力者だったのだ——『地の善導』は、使いかた次第では、ゴーストタウンのすべてを、建物の中だろうと地下だろうと、あますところなく把握しうる索敵の戦闘ツールだったのだから。……あるいはそれがわかっていたからこそ、『卯』は、早々に——早過ぎる——断罪弟を始末し、己の仲間に引き入れたのかもしれなかった。

「ぐるるるう」と、『丑』が首なし腕なし死体と、打つ手なく対峙しているうちに、酒臭くなくなった代わりに焦げ臭くなった『寅』も立ち上がり、『丑』の隣に並んだ——もっとも、立ち上がったと言っても彼女の場合は、あくまでも四つん這いなのだが。「てめえ、あとで絶対話あるからな」「聞いておこう。しかし、あの死体を倒すまでは協調は続くものだと考えてよいのかね？」「ぐるる」その唸りが、イエスなのかノーなのかは判然としなかったが、とりあえず『寅』はこの場で、その爪を『丑』に向けはしなかった。ただ、その爪を断罪弟に向けたところで効果的ではなく、むしろ逆効果的であることは、既に彼女も学習している。引っかいて、切り刻めば切り刻むほど、敵の数は増えていくのである。思えば、十二大戦史上、こんなに滑稽《こっけい》な場面はない。大戦の優勝候補二人が、既に死んでいる戦士相手に、二人がかりで打つ手がないというのだから――

3

（打つ手がない――ってわけじゃあないんだよな、それでも）と、遥か空の上で腕組みをして、その戦いを見下ろす断罪兄は、ホークアイならぬドラゴンアイで分析する。（だって、打つ手がないのは、俺様の弟にしたところで同じなんだから――首なし腕なしの今の状態なら、二人を同時に相手取ることができねー。そして、特段、『先に動いたほうが負ける』とかゆータイプの膠着状態ってわけでもねー。なぜなら、不肖の愚弟にとっての最優先事項は、あくまで、あの『子』のガキの追跡なんだしよ。『丑』と『寅』のコンビがそれに気付いて、俺様の弟にくるっと背を向けて、一目散に逃げちまえば、それでしゃんしゃんとバトル終了だ。まあ、天才である『丑』の旦那が、逃走なんて真似をするんだとしたら、見てみたくはあるがね——しかし、ここらが潮時か）ずいぶんと空の上で機会を待ったが——いつまでだって待つつもりだったが、ここがベストタイミングだろう。強豪である『丑』と『寅』が、揃ってダメージを受けているこのタイミングこそが、乱入の絶好の機会だ。これ以上待っていても、これ以上の得点機はあるまい。（くくくっ……もう諦めていたが、まさかまた、断罪兄弟のコンビネーションをお披露目することになろうとはね。この俺様をして、想像もしていなかったぜ。まったく、兄弟の縁ってのは、死んでも切れないものなのかね——まあいいさ。弟のピンチにかけつけるスーパーヒーローは、いつだってお兄ちゃんなんだぜ）さて、不意打ちで殺すなら、どちらのほうか。全身を炎上させられた『寅』のほうが残りＨＰは少なそうだが、しかし、ここはやはり、天才から潰しておくべきだろう。大して悩みもせずにそう決断し、（頼むぜ、弟——そいつらを引きつけておいてくれよ。お前の供養は、俺様がしてやるから）と、兄は弟に、心の中で約束する。

「『辰』の戦士——『遊ぶ金欲しさに殺す』断罪兄弟・兄」
「『巳』の戦士——『遊ぶ金欲しさに殺す』断罪兄弟・弟」

真下を目掛けて急降下しようというまさに直前、遅ればせながら、参戦の決意を込めて名乗りをあげたら、なぜか揃って、弟の声を聞いた気がした――それはあくまでもただの幻聴だったのだけれど、しかしそのとき、幻ではないものが、同時に、彼の手元に、ぽすんと、落ちてきた。落ちてきた？　この高度で、上から、何が？　鳥よりも、雲よりも高く飛ぶ断罪兄の、上から何が落ちてくるというのだ？

弟の生首だった。

否、もう切断されてから時間が経ち、もう『生』とは言えないような、劣悪な保存状態だったが、自分と同じ顔をした双子の弟の顔を見誤るはずもない。彼が受け止めたのは、間違いなく、幻でも、他の何でもなく、断罪弟の、首から上だった。「…………………っ！」衝撃の展開に絶句しつつも、弟の頭を思わず取り落としそうになりつつも、断罪兄は考える……この展開を説明できる理屈を考える。（ファフロッキーズ……⁉　いや、俺様は雨雲より上を飛んでるし、生首の雨なんて聞いたことがねえ――だから『上から落ちてきた』んじゃなくて、『下から打ち上げられた』と考えるべきなんだ！　俺様の飛行高度よりも更に上まで打ち上げられて――それが落ちてきたのを、今、俺様が受け取った！）だが、誰が弟の生首を、何の目的で、このような高々度まで打ち上げる？　誰が、は明白だ――弟の死体の所有者である、『卯』

の戦士である。そうなると、目的のほうも明白になる――地上をいくら探しても見つからない唯一の戦士、断罪兄の捜索のため。『申』と戦うとき、『卯』がさながら防犯カメラ代わりに、弟の頭部を木にひっかけて使っていたのを、断罪兄は見ていた――そして今度はあの『死体作り《ネクロマンチスト》』、弟の頭を使って、空撮を試みたということか！　『鵜の目鷹の目』や、『天の抑留』よりも、更に高度から！　（な……、なんてことをするんだよっ……！）まさか、断罪兄が空に潜《ひそ》んでいることまで推測できていたわけではあるまいが、しかし結果、彼の居所は、これでバレてしまった。生前とは比べるべくもない、弟のどろりと濁った目は、はっきりと、兄の顔を見つめている――この映像は、地上の『卯』に、『お友達』の絆で伝わってしまっているはずだ。（くっ……弟の戦いに気をとられて、他の戦士への注意がおろそかになっていたのが失策だった……だが、落ち着け！　この生首がいつ打ち上げられたにしろ、まだ単に居所がバレたってだけだ……たとえ天才の『丑』の旦那だろうと、この高さにいる俺様を、攻撃することなんてできねーんだから！）ここにいる限り、安全なのだ。その代わり、地上に弟を援護にいく機会を逸してしまうことになるが、しかし状況がまったく変わってしまった。『丑』や『寅』を殺すことよりも、今は第一に、身の安全を確保しないと――「痛っ《つ》！」二の腕に激痛が走った。油断した。生首とは言え――弟の生首とは言え、それは『死体作り《ネクロマンチスト》』の眷属《けんぞく》なのだった。胴体から切り離された腕が、それでも『丑』や『寅』を襲ったように、断罪弟の生首もまた、『歩く死体《ウオーキングデッド》』ならぬ『動く死体《ムービングデッド》』だった――その口で、蛇のごとく、断罪兄の左の二の腕に噛みついていた。（くっ……兄弟喧嘩なんて……、生まれてこのかた、したことなかったけどな！）そう思いながら、断罪兄は断罪弟を、引き剝がしにかかる。首を噛まれたんじゃなくて助かった、これなら最悪、腕を一本犠牲にすれば、どうにでもなる——そんな風に、とにかく目の前の出来事に対処しようとする断罪兄だったが、しかし、彼が思っている以上に、彼の弟の噛みつきは有効だった。彼の弟は頑張り屋さんだった——噛まれたら伝染するタイプのゾンビではないので、それ自体でどうということは確かにないのだが、その痛みにほんの一瞬、またしても彼は、注視すべき地上から目を切ってしまったのだ。そして一瞬で十分だった。死ぬには十分だった。

その一瞬後、彼の正面に、兎が跳ねてきたのだから。

大鉈《おおなた》のような巨大な刃物を二本、左右に携《たずさ》えた、異様な風体の兎が。「え……？」「知らなかった？　ドラゴンくん。兎はね、月まで跳ねるんだよ」そう言ってその兎は、餅でもつくように手慣れた手つきで、

「『卯』の戦士——『異常に殺す』憂城」

断罪兄の胴体を横薙《よこな》ぎに、まっぷたつにしたのだった。

4

兄弟の縁は、死んでも切れない。その通りである——これで断罪兄弟は、二人揃って、ラビット一味に編入されたことになり、そして兄の死体は颯爽《さっそう》と、二人の強敵に囲まれた弟の死体のピンチに、スーパーヒーローの死体のごとく、駆けつける。

(○卯—辰●)

(第八戦——終)

第九戦
二兎追う者は一兎も得ず

憂城《うさぎ》◈『お友達が欲しい。』

詳細不明。

1

当然ながら、兎は月まで跳ねない。生物学的に、そんな跳躍力を有していないし、そして『死体作り《ネクロマンチスト》』である『卯』の戦士・憂城にしても、そこまで図抜けて高いフィジカルは持たない――本来ならば、あくまでもあの高々度の世界は、『辰』の戦士・断罪兄だけが存在しうる生存競争のない世界だったはずなのだ。あんな空中戦は、奇跡よりも起こらない展開なのだ。ならばどうやって彼が、あの高度まで飛翔したのかと言えば、それには憂の頼もしい仲間からの、かけがえのない協力があった。

『申』の戦士、砂粒である。

正確に言うならその死体だ――そしてそれは、死体でなければおよそできない協力だった。
なぜなら、生前の彼女は類を見ないほどの平和主義者で、自分の力をそういう風に使ったことも、使おうとしたこともなかったからだ――しかし今、大切な仲間に利用されるだけの亡骸《なきがら》となった彼女には、歯止めがない。倫理的な歯止めも、そして、いわゆる肉体的なブレーキもない彼女は――『停戦ではなく終戦に持ち込むつもりだったら、宇宙戦争でも一日で片をつけることができる』とまで言われた英雄は、『お友達』である憂のために、あらゆる協力を惜しまない。まず彼女は、同じく死体である『巳』の頭部を、ゴーストタウンの上空目掛けてフルパワーで投擲《とうてき》した。物体を真上に投げるというのはそう簡単なことではないけれど、しかし彼女にとってはたやすかった――難しいことは、今の彼女にとっては大体簡単なことなのだ。唯一の不安は、第一宇宙速度を超えた『巳』の生首が、大気圏を突破してしまうことだったが、まあ、たとえそうなっていても、それは憂にとっては、最悪と言えるほどの逆境ではなかった。

『申』の死体が手に入った時点で、憂は十二大戦において、決定的なほど有利なポジションを確保しているのだから、詰みに至るまでに多少のミスがあったところで大過はない――し、そこはさすが、死んだりとは言え英雄である、ぎりぎりのところで『巳』の生首は地球の重力を引き千切らず、わずかに弧を描いた形での落下軌道に入った。その投擲――生首の打ち上げの目的は、『辰』が死亡直前に予想した通りに、終盤に至った現在の戦況の把握だった。『鵜《う》の目《め》鷹《たか》の目《め》』のごとく、上空から。『巳』の死体が、『寅』と『丑』に絡まれて、本来追っていた標的である『子』を、ほぼ見失ってしまっていた状況も、この行為には繋《つな》がっている。言うなら『申』は、一時は隠れ家を共にした同盟相手である『子』の現在位置を探るために、『巳』の生首を投げたのだ――皮肉な構図ではあるが、しかしながら、もっと皮肉なのは上昇を終え、落下軌道に入った『巳』の生首が、遺伝子を同じくする双子の兄、『辰』の手元に落ちたことである。これは本当に、ただのたまたま、偶然の産物でしかない。隕石が落ちてきたのとは違うから、天文学的とまでは言わないにしても、ちょっとした宝くじに当籤《とうせん》するくらいには低い確率だった。ロマンチックなことを言わせてもらえるならば、それはずっと一緒に育ってきた、ずっと一緒に戦ってきた双子の兄弟の、不思議な絆なのかもしれなかった。殺された弟が、それでも兄に会いたいと思ったのかもしれなかった。そしてそのせいで、『辰』の居場所は露見した——違う場所に落ちていたところで、『巳』の生首はフィールドを見下ろしたのだから、どのみち、『辰』が空に隠れていること自体はバレていたのだが、それでも弟の首が兄の腕に噛みついていなければ、ジャンプしてきた憂の凶刃からは、彼はぎりぎり逃れられたかもしれない。否、だから、ジャンプではない——それもまた、投擲だった。またしても、『申』だった。

『申』が、憂を同じ位置にまで、今度は的確に狙って、投げたのである。

その動作は強《し》いて言えば、チアリーディングのパフォーマンスにも似ていたが、しかし、そんな心躍るような情景では、もちろんなかった。人間の生首を打ち上げることと同様、自分よりも体格のいい男の身体を放り投げることも、生前のおっとりとした平和主義者ならば絶対にやらなかったことである――が、今の彼女には躊躇《ちゆうちよ》はない。躊躇なく放り投げた憂が、その先で躊躇なく『辰』を殺すことがわかっていても、躊躇はない――もっとも、既《すで》に死んでいる彼女には、わかるもわからないも、そもそもないのだが。憂から出された無機質な指令を、ただただ無機質に果たすだけである――もしも憂が、自分を月まで投げろと言っていたら、忠実に月まで投げていただろう。当然、その後、重力に従ってただ落下してくるだけの憂を受け止めるのも、彼女の役割だった。憂の持つ無骨な両刀『三月兎《さんがつうさぎ》』と『白兎《しろうさぎ》』によって身体をまっぷたつにぶった斬られ、ラビット一味の一員となった『辰』については、『辰』の死体については、死んだりとは言え彼は『天の抑留《よくりゆう》』という飛翔能力を持っているので、彼女が受け止めるまでもない――それに、憂は、新人の死体だからといって、お客さん扱いなどしない。『お友達』である以上は、新入りもベテランも対等だ。他の死体とわけ隔《へだ》てなく、公平に指令を出す――オン・ザ・ジョブ・トレーニングである。その飛翔能力を全面的に駆使して弟を援護するよう、憂は高速で落下しつつも、高速で『辰』に指令を出した。たとえ『一羽二羽』と数えられようとも、翼を持たない兎の身で、目前には飛べる仲間がいるというのに、それにしがみつこうともせずに戦地に送り出すなんてことは、地上に待つ仲間を信用しなければ、なかなかできないことである――仲間を信じることは、チームを率いる者として当然の責任とは言え。

「ねえ、うし、とら……」と、その責任を果たしつつ、憂はぐんぐん落下しながら、指折り呟く。「あと、さーんにん」

2

ラビット一味の快進撃が最早とどまることを知らない一方で、完全な膠着状態に陥《おちい》っていた、『丑』と『寅』のペアと、『巳』の首なし腕なし死体の戦い。否、『辰』が遥か上空で戦況分析したように、それは完全な膠着ではなく、丑寅タッグが逃げようとすれば、逃げることは可能だった。しかし『丑』は戦士としての自負から、『寅』は殺されかけた怒りから、その選択を消している。ゆえに、しばらくはこの、千日手《せんにちて》のような状況が続くものかと思われたが、

遥か上空から爆撃機のごとく墜落してきた上半身と下半身が、あっさりとその膠着を破壊する。

下半身はアスファルトを砕きながら着地して、そして上半身は、地面から一メートルほどの高さで浮いていた。スプラッタ系のホラーでも見せられているかのような、現実離れした光景だった。本来ならば、人間のひとつの夢である『飛行』を成し遂げた『辰』の戦士が浴びるべ

きは羨望の視線であるはずだったが、下半身と切り離されてふわふわ頼りなげに浮く、彼の上半身に向けられる『丑』の視線は、醜悪なものを蔑視するそれでしかなかった。ただ宙に浮いている上半身というのならまだしも、その上半身は、己のそれと同じ作りの顔の生首を大事そうに抱えているのだから、スプラッタもホラーも通り越して、ある意味、シュールなギャグのようでもあった。そんなおふざけのような――死体をもてあそぶかのような行為を、『丑』の戦士は何より嫌う。……ただし、『巳』の死体とは違って、殺されたてほやほやの『辰』の死体は、切断部から血を流し放題だったので、『血に酔う』体質の酔拳使いのほうは、殺されかけた上に焼かれかけたという怒りは、幾分それで、醒めたようでもある。「ぐるるる」なんて、唸ってしまう。このあたりは戦士としてではなく、酒呑みとしての習性だった――が、さすがにそれで、飛びついたりはしない。むしろ、膠着状態から急激に悪化したこの状況に、彼女はにじり下がった。なんたる急転直下――実際に、『辰』の上半身と下半身は直下してきたわけだが、少なくともこれまでは、丑寅タッグは、数的には優位だったはずなのに、これで二対二……否。

四対二である。

『巳』の首なし腕なし死体に加えて、『辰』の上半身と『辰』の下半身、そして『辰』の上半身が抱えている『巳』の頭部で、頭数は四——まあ、頭の数はふたつなのだが、敵の数は四である。その上、これは丑寅タッグにはわかりようもないことだが、この時点で既に、憂は、『巳』に出していた指令を切り替えている。『子』への追跡を打ち切り、兄と共に——戦場荒らしの断罪兄弟として、『丑』の戦士と『寅』の戦士を殺せと、命令が上書きされている。ゆえに、丑寅タッグにとって先程まであったはずの、『戦いを避ける』という逃げ道は、塞がれているのだった。

憂はもう、大戦を終わらせにかかっている。『巳』の死体に『子』の追跡を停止させたことだって、あの眠そうな目をした少年を後回しにしたということではなく、『巳』の頭を放り投げての空撮の結果、彼の逃走経路がおおよそ絞り込まれたので、そちらは、距離の近い『申』に追わせることにしただけである——第十二回十二大戦も大詰めで、現在生き残っている戦士はたったの四人。憂の立場から見れば、『子』と『丑』と『寅』を殺せば、それで優勝なのだ——出し惜しみをする理由はない、手早く決める。『子』の少年が事実上、ちょろちょろ逃げ回っているだけであることを考えれば、ここで丑寅タッグさえ潰せば、彼の優勝は定まったようなものなのだ。当然、そんな状況は、『丑』にも伝わる——『死体作り《ネクロマンチスト》』が総力をかけてきた以上、もう十二大戦は終わりつつあるのだと察しがつく。つまり、ここで時間をかけていれば、更なる増援が現れるかもしれないということだ。「『寅』の戦士よ。何か妙案はあるかね？妙案か、それか、この場を切り抜けるための特殊技能でもよいのだがね。空を飛ぶ能力でも、地を這う能力でもよいのだがね」「生憎《あいにく》、あたいの売りは酔拳だけでね……、身体がバラバラになっても動けるような奴を、敵として想定してないんだよ」「ふむ。そうかね。まあ気にすることはないがね。私もそうだから」むしろ『ただ殺す』だけのサーベル使いである『丑』は、現存する中でもっとも技を持たない戦士であり、この手の異物を相手にするのに、一番向いていない戦士と言えるだろう——そうでなくとも、たとえ相手が『死体作り《ネクロマンチスト》』であることを差し引いても、憂と『丑』は、相性が悪過ぎる。『丑』のようなタイプの天才には、憂のような奇才のことは、一生かかっても理解できない——出会えば殺し合うしかない関係性だ。「ならば、あまり得意ではないのだが、策を弄するとしようかね。久し振りに、作戦というものを立ててみよう。見たまえ。あの宙に浮かぶ上半身を——彼が背負っているものがなんだかわかるかね?」「? わからないけど? 弟が背負ってたのと同じ、火炎放射器じゃないってのかい?」「その逆で、冷却液の放出器だと臆断《おくだん》できる——入っているのは、おそらく液体水素」「……? で、液体水素ってなんだよ?」「ぴんと来ないかね? つまり——」言い掛けたところで、戦闘が始まった。向こうの、言葉なき作戦会議のほうが、先に終わってしまったらしい——このあたりは『死体作り《ネクロマンチスト》』の統率というよりも、断罪兄弟の、生前から続くチームワークなのだろう。兄が弟の頭部を、砲丸投げのごとく投げつけてきた。すっかりボール扱いされている『巳』の生首だが、しかしそれに文句を言うでもなく、その口はがばあっと大きく開き、『丑』へと噛みつきに来た。「蛇《じゃ》は寸にして人を呑む——かね?」サーベルで斬るわけにもいかず、しかし噛みつかれるかと思うと、迂闊《うかつ》に受け止めるのもリスキーだ。ならば避けるのがよいようにも思えるが、しかしその結果背後を取られてしまえば、その後の展開が予想できない。小さな頭部だ、視界の外でどこかに隠れられては、対応の難易度が跳ね上がる。物陰から首に噛みつかれるという、先程のピンチが再現されては目も当てられない。首に首を噛みつかれる、など。「ふっ！」結果、選択の余地なく、『丑』は投げられたボールを、真上に蹴り上げるしかなかった。適切な対応ではあったが、しかし、彼が適切な行動を取ることこそが、兄弟の狙い通りでもあった——蹴り上げられ、空中でくるくると際限なく回転する『巳』の頭部は、俯瞰《ふかん》でパノラマ三百六十度を映す広角カメラと化す。その目が捉えた映像は、『巳』の首なし腕なし死体はもちろんのこと、ラビット一味のリーダーである憂をバイパスにして、『辰』の上半身と下半身にも共有される。圧倒的に有利な視点を確保するためのジャブだった——むろん、『辰』の上半身としては、自分で上に投げてもよかったのだが、『丑』に隙《すき》を作りたかった——その『巳』の頭部が落下してくるまでに、決着をつけるというのが、死体兄弟の方針だったからだ。と言うより、これは憂の方針だ——『皆殺しの天才』相手に長期戦は得策ではないと、彼は本能的に察している。『死体作り《ネクロマンチスト》』が皆殺しならば、皆殺しだって、『死体作り《ネクロマンチスト》』の天敵なのだから。

「『辰』の戦士——『遊ぶ金欲しさに殺す』断罪兄弟・兄！」

「『巳』の戦士――『遊ぶ金欲しさに殺す』断罪兄弟・弟！」

生きていたなら、そう名乗りながらだっただろう、二人――いや、三体――の特攻に対し、丑寅タッグはあえて応じる。

「『丑』の戦士――『ただ殺す』失井」
「『寅』の戦士――『酔った勢いで殺す』妬良」

優勝候補の、技のみに特化した戦士二人の、連盟による名乗りは圧巻だったが、しかし死体達はそれに、心打たれたりはしない。あくまでも無機質に攻撃してくるだけである――そしてそれは、これまで『丑』や『寅』が体験したことのない、立体的かつ多面的なラッシュとなる。どころか、ラッシュを越えて、目がちかちかするようなフラッシュだ。上空からの視点があり、かつ、飛翔能力を持つ『辰』がいる――『辰』の上半身は最初から浮いているが、当然、下半身にしたところで、同様の飛翔能力を有し、たとえば蹴り足をいちいち地面に降ろさない、ゲームみたいな二段ジャンプを実際におこなう。ありえない角度からの攻撃がまずスタンダードで、その上、何より死んでいるから、関節を球体関節のように、無茶に駆動させてくる。真上からワンエイティに回転するコークスクリューパンチを繰り出してくる『辰』に、『丑』は防戦一方になる。そして真上からだけではなく、真下からも来る——空から竜が攻めてくるなら、地からは蛇が攻めてくる。先刻は『寅』相手に、蛇拳の構えを見せた『巳』だったが、今度の動きは蛇拳以上に、蛇そのものだった。寝転がって、這い回るように俊敏に戦う——地面を通じてソナーのように戦況を把握できる『巳』は、足の裏ではなく、全身で震動を感じながら、四つん這いの『寅』よりも更に更に低い角度から、容赦なく蹴り上げてくる。舞い上がった頭部からの視覚情報と、地面からの震動情報で、挟み撃ちにするようにキックを繰り出してきて、これもやはり『寅』は、身を守るのが精一杯だった。即興のコンビネーションとしては、丑寅タッグは背中合わせに構えて、互いの死角を消すくらいのことしかできていない——これまで体験したことのない、これからもまず体験しないであろうパノラマな猛攻に、それができているだけでも十分達人の域なのだが、しかしそれを言うなら、断罪兄弟のコンビネーションは人の域を超え、ゆうに怪物の域にまで達している。何より、丑寅タッグには、効果的に反撃できない事情もあった——防戦一方に徹しなければならない理由があった。刃を立てないように戦い、爪を立てないように戦わなくてはならない理由が——それは、斬れば斬るほど、刻めば刻むほど、敵が増えてしまうという事情。ひとつ間違っていれば、二人とも首をねじ切られていたという苦い経験は、決して繰り返してはならないものだ。それを踏まえた上で、あくまでも守りを固めるならば、立体的だろうと多面的だろうと、緩慢な死体の動きである——落ち着いて対処すれば、パワーはあれど、決してスピーディとは言えない。サーベル捌《さば》きと酔拳の受けで、己《おの》が身を守りきれないわけではない——が、これがいつまでも続けば、いつか崩されるのは目に見えていた。丑寅タッグの二人とも、どちらかと言えば攻めが主体の戦士だという事情もある——こんな守りの戦いには、タッグ戦以上に不慣れである。守衛に特化した防御の戦士『午』でさえ、それでもラビット一味の前には倒れたのだ。どこかに打開策を見いださない限りは、じり貧に追い込まれるだけだった。いくら攻められない事情があるにしても——攻められない事情？

「ああ——液体水素ね。ぐるるう」

ようやく『寅』がピンと来た。遅かったけれど、間に合わないというほど遅くはない——即座に彼女は、そのために動いた。狙いは、彼女を無尽蔵に蹴り立ててくる『巳』の足ではなく、『丑』の胴体を、奇矯《ききょう》な角度から蟹挟《かにばさ》みにしようとする『辰』の下半身でもなく、『丑』の首に、盛んに手を伸ばそうとする、『辰』の上半身だった——それも、上半身が背負うタンク、氷冷放射器『逝女《ゆきおんな》』だった。その粋なネーミングまでは知らないし、液体水素のなんたるかも知らないが、しかし『寅』は、一方的に攻撃を仕掛けられる立場にいるにもかかわらず、上半身がその武器を使ってこない不自然さを、感じ取ることはできた。『巳』と一対一で戦ったときは、彼は容赦なく火炎を放射してきたというのに——不具合でもあったのか？　いや、違う。

『辰』の上半身としては、それを使えない、必然的でやむを得ない事情があるのだった。おもむろに生首を投げつけるような、生首をカメラ代わりに使うような、人を人とも思わない、死体を死体とも思わない無機質な真似ができるのは、あくまでも、それで『死体が死んだり』はしないからである——逆に言えば、この状況下、命は既になくとも、しかし致命的なダメージは避けようとするのは当然で、もしもこの入り乱れた混戦状態で冷却装置なんかを使用すれば、『辰』の上半身は、自分の下半身や『巳』の首なし胴なし死体を、攻撃してしまいかねない。同士討ちを恐れる彼らではなくとも、冷却はまずい。冷却は——

究極の停止だ。

「ぐるうっ！」竜虎相打つ、とは正にこのことだった。四つん這いに伏した姿勢から、中空の上半身に向けて飛び上がった『寅』は、彼の弟の火炎放射器に対してそうしたように、『辰』が背負うタンクを奪い取った——その際に、ショルダーベルトを引き千切る際にやむを得ず、上半身の片腕をも引き千切ることになってしまったが、『逝女』の奪取にさえ成功すれば、あとはすべてが些事《さじ》だった。液体水素が詰まったタンク。もちろん、火炎放射器のタンクを奪った際にそうしたみたいに、中身を呑み干したりはしない。この液体水素の用途は決まっている——奇しくも、そのタイミングで、蹴り上げられ宙を舞っていたパノラマカメラ、『巳』の生首も、『丑』の真上から落ちてきた。『丑』は今、三方からの奇異なる攻撃を、同時に防がなければならない状況で、だからもしも『寅』が、賢くて、そして卑怯者だったなら、彼がやられるのを待ってから、そうしていただろう——その場合、兄弟の死体だけでなく、十二大戦における最大の実力者である『丑』さえも、この場で亡き者にできていたのだから。けれど、『寅』は賢くはなかったし、そして卑怯者でもなかった。爪を立てて、大きな罅《ひび》を入れた液体水素のタンクを、力の限り、爆弾のように投げ落とす。実際、急激に気化する液体水素は爆弾のようでもあったが、それは氷点下の爆弾である——『鳥葬《ちょうそう》』でもなければ『火葬』でもないが、しかし、その『冷凍保存』は、死体に対して有効過ぎるほど有効だった。『巳』の生首は冷凍首に、『巳』の首なし腕なし死体は氷詰め死体に、『辰』の上半身は氷像に、『辰』の下半身は氷漬けに——それぞれがそれぞれに、かちんこちんに冷却処理される。改めて追撃を加えるまでもない。上半身と下半身は飛翔能力を失い、地面に落下して粉々になり、上半身から千切られていた腕も、やはり落下して粉々になり、最初から地面を回転していた首なし腕なし死体は、同じく落下してきた己の首の直撃を受け、互いに粉々になった。粉砕骨折どころか、皮膚も肉も、死体のすべてが砕け散った——かき氷くらい細かく砕けた兄弟の死体は、混ざり合って、もうどちらがどちらなのか、どこまでが兄でどこからが弟なのかも、さっぱりわからなくなった。一緒くたになって、ない交ぜになって、区別できなくなって、諸共になって、死なば諸共になって——

兄と弟は、もう離れ離れになることはない。

「意図を汲んでくれて嬉しい。ただし、やる前に一言、声をかけて欲しかったものだがね」液体水素爆弾が投下される直前に、すんでのところで混戦から飛び出していた『丑』は、さして恨みがましくもなく、そう言った――派手な手柄は、トリッキーな動きで敵をかいくぐってみせた『寅』のものだが、しかしその虎柄の一方で、ぎりぎりまで敵を引きつけていた『丑』の牛柄も、同様に評価されるべきだろう。彼の離脱がもう少し早ければ、パノラマカメラからの映像がタイムラグなく伝わる、『巳』の首なし胴なし死体くらいは、凍らし損ねていたかもしれないのだから。「ぐるう。それはこっちの台詞だってえの。もっとはっきり言ってくれなきゃ、わからねえってんだい」「死体とは言え、『目』は機能しているようだったからね。ゆえに、露骨に説明すれば、聞こえていたかもしれないのでね――やはり、策とは慣れない。慣れないことはするものではない。結果オーライだがね」「あたいにとっての一番の結果オーライは、あんたも一緒に氷漬けになってることだったがねえ。ぐるるう」挑発するように言う『寅』に、「おや、それでよかったのかね？　このあと、私は約束通り、きみに決闘を申し込むつもりなのだがね」と、『丑』は挑発を返すようなことを言う。ぐ、とそれで黙らされる『寅』だったが、『丑』は更に「ただし」と続ける。「きみとの協調は、もう少しだけ延長させてもらうことになりそうだがね——気付いているかね？」「……ったり前だっつーの。『未』のじーさんのほうが、よっぽどうまく隠れてたぜえ——おい！　出てきやがれってんだいこの野郎！」吼えるような『寅』の呼びかけに、素直に応じたわけでもないだろうが——いや、素直に応じただけなのか、その胸中は計り知れない——ぬうっと、野兎が巣穴から現れるように、憂は現れた。いつからそこにいたのだろうか、近くのビルの前に建造されていたモニュメントを掩護《えんご》物として、身を潜《ひそ》めていたようだ。自分の操る死体が二人分、木っ端微塵に始末されてしまったというのに、それで物怖《ものお》じした風もない。矢も楯もたまらず飛び出してきたわけではなく、悠揚迫《ゆうよう》らず、これまでずっとそうだったように、巨大な刀を二本、尽きせぬ殺意と共に、構えるだけである。『白兎』と『三月兎』——これまで多くの死体を作り出してきた、憂の、呪われた武器。否、呪われているのは、それを振るう持ち主のほうか。「二人がかりになるが、文句はないだろうね？　これまでさんざん、チームで戦ってきたきみなのだから」『丑』がそんな風に言ったのを、聞いているのかいないのか、憂は、

「『卯』の戦士——『異常に殺す』憂城」

そう名乗る。その様子はいかにも異様だった——『辰』と『巳』の加勢に来ておきながら、すんでのところで間に合わなかった彼は、今、思いもよらぬ想定外のピンチにいるはずなのに。

『申』には『子』を追わせてしまったため、このまま『丑』と『寅』を相手に、二対一で戦わなくてはならないというのに――その絶望的な戦況に、まったく絶望した様子はない。まるで、これ以上絶望することができないくらい、あらかじめ、生まれる前から人生に絶望しているかのごとく。そんな戦士は、『丑』の理解の外だったし、アウトローな『寅』にとっても、類の違う、異質な存在だった。だからこそ――戦わなくては。これは覇をかけて戦う戦争であると同時に、生存競争でもあるのだった。

「『丑』の戦士――『ただ殺す』失井」
「『寅』の戦士――『酔った勢いで殺す』妬良」

本日二度目となる、揃った名乗りを聞き終えてから、憂は動く――死体ではなく生体でありながら、彼もまた、エキスパートである『丑』と『寅』が同時に名乗る風格に、まったく心を動かされていない。両刀で、それが当たり前のように、二人の戦士を殺しにかかってくる――が、その動きは、丑寅タッグからすれば、目を瞑《つむ》っていても対応できるような、いかにも拙《つたな》いものだった。先程までの兄弟の連携に比べれば、懐《なつ》いてくる兎をあやすようなものだ――が、もちろん、ここで手心を加える二人ではない。『丑』の剣術が、『寅』の酔拳が、『卯』を迎撃する。

迅速なサーベルで二斬。少し遅れて、重ねるように十爪で、更に二斬。結果、憂の肉体は八つ裂きになった。

味も素っ気もない決着ではあるが、しかし、使役する死体のない『死体作り《ネクロマンチスト》』など、実際、この程度だろう――悪役らしい断末魔の悲鳴も、悪党らしい末期《まつご》の言葉もなく、ことほどさように、この程度だ。意外性やサプライズの入り込む余地などない、地力の実力差――本人自身が戦闘技能の塊《かたまり》である『丑』と『寅』の前には、裸一貫の憂など、鎧袖一触《がいしゅういっしょく》なのだ。勝てる要素がひとつもない。第十二回十二大戦を、もっとも激しくかき回した、十二大戦の全歴史を振り返っても、戦いをもっとも深い混沌にまで落とし込んだ怪人は、こうして死んだ。「さて」と、『丑』は、強敵にして難敵だった相手をついに殺したことには何の感慨もないように――どんな敵であろうと、どんな呪われた人間であろうと、死んだらそれで、それ以上はないと言うように、即座に切り替えて、これまで共に戦ったパートナーに対して、続けざまに言う。「休憩を挟んだほうがいいかね？　『寅』の戦士」「冗談はよし子さんだよ、『丑』の戦士」対する『寅』も、憂には最初から何の興味もなかったかのように、その血塗《ちまみ》れの爪をべろりと舐めた。「こちとら、いい具合に血に酔ったってんだよお――さあ、景気よく頼むよお。あたいを楽しませておくれ」「ふむ。では、私達の共闘はこれにて終わり――」言いながら『丑』は手袋を脱いで、それを『寅』へと投げつけた。「——さあ、決闘だ」

3

憂は確かに死んだ。八つ裂きになって死んだ。だが彼は、八つ裂きにされる直前、己で舌を噛み切っていた——ゆえに断末魔の悲鳴も末期の言葉もないのは当然で、つまり憂は、己で己を殺していた。俊敏なサーベルも、乱暴な爪も、決行された自殺のあとで受けた傷である。要するに死んだのだから、死因などどうでもいいだろうか？　死んだらそれで、それ以上はない。確かにそうだ、普通はそうだ。しかし憂は普通ならざる『死体作り《ネクロマンチスト》』——殺した人間を使役する『死体作り《ネクロマンチスト》』。そんな彼が己自身を殺したら、果たしてどうなるのだ？　いったいどれ以上のことが起こるのか——それをこれから、『丑』と『寅』は知ることになる。

（○丑・寅—卯●）

（第九戦——終）

第十戦
虎は死んで皮を残す

妬良《とら》◆『正しさが欲しい。』

本名・姶良香奈江《あいらかなえ》。一月一日生まれ。身長154センチ、体重42キロ。酔拳の使い手を自称しているが、実際の酔拳は酔った動きを模した拳法であり、酒を呑む必要はないわけで、アルコールを摂取する言い訳として、酔拳の使い手となったと言うほうが正しい。とは言え酔拳に限らず、彼女は格闘技全般への造詣《ぞうけい》が、実のところ極めて深い。姶良家は武門の家系なので、代々肉体格闘を旨《むね》とするのだが、そんな中でも彼女はやや極端なほうである。『強そうに見えない』とよく言われるのは、酔っぱらいという戦闘スタイルの問題もあるが、『強そうに見せるっていうのが、既《すで》に弱そう』と考えているからで、威圧感みたいなものを無意識に消す生きかたが、自然に身についた――強《し》いて言うなら、『己を弱く見せること』が、彼女の特質である。それはそれで、とんでもなく極まった領域なのだが、本人にその自覚はない。爪を武器とする彼女の殺しかたはダメージ以上に痛みも激しいので、『戦地で出会いたくない戦士』アンケートを取れば、出陣回数の少なさに比して、かなりの上位に入賞する。爪のお洒落《しやれ》は習慣化しているけれど、戦場に出向くときは、きちんとネイルを落としていく。さすがに、敵とは言え、デコった爪で殺すのは忍びない。休日は女友達とよくショッピングに行くのだが、いつも最終的には呑み会になる。

1

白兎《しろうさぎ》のごとく迷わせて、三月兎《さんがつうさぎ》のごとく惑わせる――そんなキャッチフレーズを地で行く兎、『卯』の戦士・憂城が、ここまで破竹の勢いを誇りながら、もうあとは勝つしかないような終盤で、こうして脱落してしまった理由は、決して彼が、勝負に対して真剣さに欠けていたからではない。何を考えているのかわからない、異様に異様を掛け合わせたような男ではあったけれども、しかし少なくとも十二大戦への参戦態度は、非常に真面目だった。彼のような戦士が、戦争に真面目に取り組むというのは、それと戦わなくてはならない戦士にしてみればはなはだ迷惑としか言いようがないけれども、しかし、少なくとも彼は、『未』がしたような、あからさまなルール違反はしなかったし、『子』や『辰』のように、戦争に積極的に参加せず、こそこそ逃げ回るようなこともしなかった――十二大戦の開戦意義という観点から見れば、彼ほど真摯《しんし》に戦いに取り組んだ優等生はいない。そんな彼なのだから、別にここでうっかりと死ぬために、『丑』や『寅』の前に姿を現したわけではなかった。

むろん、あとから戦局評価するならば、大抵の者には『卯』は、ただ迂闊《うかつ》なミスをしただけにしか見えないだろう――『辰』と『巳』に加勢が必要だと判断したのは、結果的には正しかったとは言え、だったら、他方の生き残り戦士である『子』の追跡をこそ自らがおこない、丑寅タッグのところには、彼の軍容において最強の仲間である『申』を送ればよかったのだ。それなのに、大した実力者だとも思えない子供である『子』のところにこそ『申』を送り込んで、丑寅タッグのところに、『死体作り《ネクロマンチスト》』という瞠目《どうもく》の技能こそ持ちつつも、実戦能力はかなり低い自身で赴《おもむ》いたのは、どう考えても配置が逆だった。実際、あの場面に送り込まれたのが『申』の死体だったなら、兄弟の死体の凍結を防ぐのにはさすがに間に合わなかったにせよ、その後、丑寅タッグは、それまで以上の苦戦を強《し》いられることになっただろう――それほどまでに、『申』の戦士としての資質は、圧倒的なのだ。だが、その配置が正しいのは、あくまでも十二大戦の優勝だけを、目標に据えた場合である。今ここだけの短期的ではなく、中長期的に『卯』の立場に――『死体作り《ネクロマンチスト》』の立場になって考えてみれば、彼のやりたかったことははっきりする。あんなクレイジーな兎の立場になって物事を考えるのは善良なる一般人には難しかろうが、『死体作り《ネクロマンチスト》』の戦いは、十二大戦に優勝して、それで終わるわけではない――どれほど異常で、どこまで意味不明であれど、彼は戦士なのだから、優勝すれば、すぐさま、次の戦いが待っている。次の戦いが終われば、次の次の戦いが待っている――勝つ限りは戦い続けなければならないのが、戦士の宿命だ。ならば次の戦いに向けて、手持ちの切り札として、優秀な『死体』を欲するのは、『死体作り《ネクロマンチスト》』としての本能である。『皆殺しの天才』である『丑』

――欲を言うなら、酔拳の『寅』もだが、丑寅タッグのどちらか一人とでも『お友達』になれれば、次回以降の戦場が、どれほど楽になるかわからない。死体はいつかは腐るだろうが、しかし腐っても鯛《たい》という諺《ことわざ》もある。

彼にとって戦いとは仲間集めであり、死体作りは友達作りなのだ。だから『卯』は、加勢が必要だと思って、丑寅タッグの場所へと自ら赴いたのではない――とどめを刺すために、二本の刀を携《たずさ》えて、そこへと向かったのだ。仲間を信じると言っても、こればっかりは、自分でやらなくてはならないことだった。丑寅タッグの始末を、『辰』と『巳』だけに任せてはおけなかった――死体に死体を殺させると、やり過ぎる恐れがある。ブレーキが壊れているのだからやり過ぎて当然なのだが、結果として、防御術『鐙《あぶみ》』を有する『午』と、『卯』は『お友達』になることができなかった――『巳』が『午』を焼いてしまったから。『亥』が機関銃の乱射で殺した鳥の死骸には、そのズタボロさゆえの使い道があったけれど、しかし加減を知らない死体に任せておけば、『丑』の死体や『寅』の死体も、過剰な攻撃を受けて使い物にならなくなる恐れもあった――だから『卯』は、二人のとどめだけは自分が刺すつもりだった。大戦の終わりが見えてきたところで、先を見据えて戦後のことを考えるのも、賛否はあるだろうが、しかし戦士としてはこれもあるべき姿のひとつなので、だから『卯』は、ここでミスをしたとは言えないのだ。強いて瑕疵《かし》らしきものがあったとするなら――急造ペアである丑寅タッグが、断罪兄弟に、ああも損傷少なく勝とうとは、まったく想像できなかったことだろう。と言っても、彼は断罪兄弟の、ずっと一緒に戦ってきた二人組であるとか、双子の兄弟であるとか、そういう部分を評価していたわけではなく――生きていて意志のあるタッグが、死んでいて意志のないゆえ、コンビに勝てるという絵図面は、『死体作り《ネクロマンチスト》』の中にはないものだったのである。意志がないゆえ、絶対に裏切らないコンビネーションを発揮できる『辰』と『巳』が、意志があるゆえ、ちぐはぐになるはずの『丑』と『寅』に、終わってみれば惨敗してしまうなんて――まるで、生きている人間とも信頼関係を築くことができるというような、そんなありえない事実と直面したときに、『卯』の戦士の気持ちは、きっと、十二大戦から降りたのだろう。そして、自らの死を選んだ――しかし。

しかし彼は絶望して死を選んだわけではない。

『死体作り《ネクロマンチスト》』にとっての十二大戦は、まだ終わっていない――

2

今からではもう、少し信じがたい話ではあるけれど、初めて戦場に出たあたりの頃は、『寅』の戦士・妬良は、とても思慮深い女の子だった。真面目で、いささか真面目過ぎるくらいだった——それがよくなかった。武門の家系、その道場で、『戦う』という、言ってみれば野蛮で暴力的な行為を、『道』であると解釈して修得していた彼女は、現実の戦場というものを、まともに考えてしまった。まともに捉えてしまった。両天秤の中でも思考を停止せず、上官の命令をいちいち自分の中で咀嚼《そしやく》して、『どうして人間同士が戦わなくてはならないのか』や『命の価値とは、どれくらいなのか』を考え続けてしまった。果ては、『人間は生きるに足る生物なのか』とか、『人間が絶滅したら地球は救えるんじゃないのか』とか、刃や弾丸をかいくぐりながら、そんなことにばかり頭を悩ますようになった。純粋だったとも言える——純白だったとも言える。そんな矛盾や世界の汚れを、罪悪感や後ろめたさを、さっと受け流せる腹黒さを、そっと棚上げにできるどす黒さを、彼女は持っていなかった。戦場で人を殺し続け、その行為を称《たた》えられるにつれ、彼女の迷いはどんどん増大していく。戦場の外にまで拡大していく。彼女の純粋な目には、世の中が矛盾だらけの、偽善だらけに見えた——正義だと思ったものはただのスローガンだったし、害悪だと思ったものは思いの外《ほか》世の中を支えていた。世界を平和にするために戦っているつもりだったけれど、彼女個人にできることなんてたかがしれていたし、誰かを救うために誰かを傷つけていたし、ようやく救ったと思った国は、その後、新政府の不正で滅んだりした。戦えば戦うほど、戦争の規模は拡大する一方だった。そのうちに、戦争を活性化させるために、自分が送り込まれていることにも気付いた。だけど、そんな戦場がなければ、生きていけない人がいることもまた確かだった。戦うことで幸せになる人間は、相当数いた。戦うことでしか幸せになれない人間と同じくらいいた。自分が正しいと信じていたことはただの陳腐で、自分がいいと思っていたことは、子供向けの絵本のあらすじとしては、まあいいことだった。自分が信じていた道なんて、ただの舗装道路に過ぎなかった。いや、道なんて、そもそもないのだ。水清ければ魚住まず――まるで一面に広がる泥の上でも歩いているようで、そんな頼りない地面に、『道』なんて舗装できるはずもなかった。ぐずぐずの、どろどろで、すぐに足をくじいてしまいそうだった。その癖、みんな理想を謳《うた》う――世の中が汚いならば汚いと言えばいいのに、口先だけで、これみよがしに倫理と良識を語ってみせる。正義を名乗る多数派が幅を利かせる。そんなおかしな世界に、真面目な彼女は吐き気さえおぼえた。それでも彼女が『道』を貫こうとすれば、誰もがそれを折り曲げにきた。まっすぐ歩こうとすることも、まっすぐ生きようとすることも、世界は許してくれなかった。これでもかとばかりに、どんな『道』も通行止めの工事中だった。

ゆえに良は『道』を外れた。

他人に折り曲げられる前に、自らの意志で道から外れた――酒に溺《おぼ》れた。酒に酔っている間は、何も考えなくてよくなった。何も気にならなくなった――これまで矛盾だと思っていたものなんて、ただのゆらゆら揺れる視界に過ぎなかった。足下がぐずぐずならば、四つん這いになって歩けばよかった――その姿勢を取ることで、ようやく吐き気は収まった。……よくも悪くも、良は『申』のような平和主義者にはなれなかったわけだが――それは彼女が弱かったからではなく、悪い人間だったからでもなく、ただただひたすらに、純粋過ぎたからだった。『申』のような、いい意味での強《したた》かさも、『酉』のような、悪い意味での強かさも、彼女は持っていなかった。

皮肉にも酒に溺れることで、良の戦士としての才覚は増した。覚醒、と言ってもいいが、まさか本当に『酔えば酔うほど強く』なったわけではなかった――アルコールで頭を満たすことで、余計なことを考えなくなったことが、彼女の中に沈殿していた迷いを消したのだ。余計なこと。迷い。それこそが本来、倫理観や良識、あるいは道徳と呼ばれるものだったのかもしれないけれど、良はそれをかなぐり捨てた――思い出しそうになるたびに、浴びるように種類を問わず度数を問わず、とにかくひたすらに酒を呑んだ。身体によくないと言われることもあったが、頭によくないことを考え続けるよりはずっとよかった。信じていた世の中が陳腐なら、自分はもっと腐ってしまえと、自暴自棄になった。体中の血が発酵して、アルコールになってしまえばいいと本気で思った。真面目で健全だった少女は、不真面目で不健全な大人になった――あるいは単に、『大人になった』。それを成長と呼ぶことも、ひょっとしたら可能なのだろう。こんなのはただの、ありふれたくだらねー挫折だと、自分でも思った。世の中の、どこを向いても転がっている、ありふれたくだらねー挫折。戦場にも気が向いたときにしか行かなくなったし、戦いかたも、どんどん適当になってきた。それでも結果を出すのだから、彼女の評価はむしろ上がっていったが、その高評価こそ、彼女を追い詰めた矛盾だった。真面目にやっていた頃より、不真面目にやっている頃のほうがよっぽど誉められるというのだから、これは本当に呑まずにはいられない。努力はなんだったのか、勤勉はなんだったのか、一生懸命はなんだったのか——ほどなくして彼女は血に酔うようになってくる。酒を浴びているときと、血を浴びているときだけは、すべてを忘れることができた——座学もそれなりに得意だったはずなのに、自分の知能が、どんどん下がっていくのを感じた。知能なんていくら下がっても、ぜんぜん支障はないけれど。戦略が練れなくなったので、いい加減に戦うようになった。支障はない。味方の名前を憶《おぼ》えられなくなったので、一人で戦うようになった。支障はない。他人の表情がうまく読めなくなったので、相手の顔を見るのをやめた。支障はない。誰が大切な人で誰がそうじゃないのか、全然区別がつかなくなったので、誰も大切じゃなくなった。支障はない。地図がうまく使えなくなった。支障はない。七画以上の漢字が読めなくなった。支障はない。かけ算はできても割り算ができなくなった。支障はない。今日の日付が出てこないのはもちろん、自分の誕生日を思い出すのにも、苦労するようになった。支障はない。なんだかまっすぐ歩けなくなった。支障はない。自分が生きているのか死んでいるのかわからなくなった。

ぜんぜん、ぜんぜん、支障はない。

そんな支障はない日々の中、良は一人の天才に出会った。

中でも酷《ひど》い、泥沼の中の泥沼みたいな戦地において、とある戦士に出会った——いや、出会ったのではなく、助けられたのだと思う。酔いに任せたいつも通りの、破れかぶれみたいな特攻で、罠だとわかっていても面倒だから突っ込んだときに、颯爽《さっそう》と現れたその戦士は、サーベル一本でまたたく間に、敵の一団を片付けた。それはかつて、良がそうあるべきと、そうありたいと思っていたような、まっすぐな剣捌《さば》きだった。道理に乗っ取った、美しいという言葉すら似つかわしくない、理想的な剣筋。正しいことを正しい方法でしていると確信しているかのごとく、戦士の剣筋には迷いはなかった——無尽蔵にいた敵を、正しい順序で、適切な最短ルートで、もっとも効率的に、もっとも能率的に、戦闘行為を遂行するその姿に、良は冷や水を浴びせられたような気分になり、べろべろだったはずの彼女の酔いが、一気に醒めた。我に返ったことなど、正気になったことなど、いったい何年振りだっただろうか。その超俗的な剣筋に心を斬られてしまったようで、良はそのとき、身じろぎもできなかった。「怪我はないかね？　お嬢ちゃん。無理矢理酒でも呑まされたのかね？　まったく、酷いことをする。戦士の風上にもおけない奴らだ。安心したまえよ、もう心配はいらない。きみをいじめる奴なんていない、安全な場所まで私が送ろう」ぐる、と思った。お嬢ちゃん。いや、そう見られても仕方のないくらい、この頃の良は幼い外観をしていた――精神年齢の低下、ならぬ劣化が、佇《たたず》まいにも影響を及ぼしていた。しかしそれを差し引いても、相手には『民間人を助けた』というような認識しかないようだった――それもまた、間違いではないのかもしれない。戦士としての自覚なんて、良はとうになくしてしまっていたし――この頃の良は、結局、常に助けを求めて、泣き叫んでいたようなものだった。あのう、と、ぎこちなく、良は言った。自分は戦士だと声高に主張するのでもなく、お嬢ちゃんと呼ばれる言われもないし、助けなど必要なかったと強がるのでもなく、おずおずと訊いた。どうしてそんな正しいことができるのか。どうすればそんな正しいことができるのか。迷わず、不安を感じず、間違わずに――正しいことができるのか。そんな意味のことを、こわごわと、たどたどしく訊いた。「ん？」結果、怪訝《けげん》そうな顔をされた。どさくさにまぎれておかしなことを訊いてしまったと、赤面したくなった――まあ、酔いが醒めたと言ってもそれはあくまで気分の問題なので、顔はもとより真っ赤だから、相手にそれは伝わるまいが。ただ、相手がここで怪訝な顔をしたのは、「ふむ。そんなことはこれまで、考えたこともなかったがね――お嬢ちゃん、きみは正しいことがしたいのかね？」頷《うなず》いた。そんな素直に頷いたことは、ここ最近、まったく憶えがなかったが。こんなの、本当に『お嬢ちゃん』だ。「では、試みに少し考えてみようかね……己の行動原理を言語化するというのも、たまにはよいだろうからね」サーベルをしまいながら、そんな風に思案顔をする。そしてすぐに、「ふむ」と答を導き出したようだった。良が、ずっと導き出せずにいた答を、本当にすぐに。「まず、正しいことをしようとするだろう?」言って、鞘にしまったサーベルに手をかけた。「次に、正しいことをする」鞘から刃を、居合いのように抜いた。「以上だ」①正しいことをしようとする。②する。

このとき感じた落胆は、正直、崖から突き落とされたような気分だった——理論が天才過ぎて、何も伝わってこない。子供相手だと思い込んでいるから、あえて噛み砕いた表現をしたのかもしれないが、だとしたら、噛み砕き過ぎだ。それができないから苦しいんだと言っている——苦しいのか? そんな苦しさは、とっくに忘れたはずじゃなかったのか? 悩みは酒に溶けてなくなっていたわけじゃあなく、ずっとずっと——苦しみ続けていたのか? 「わかったかね? つまり、正しいことというのは、しようと思わなければ、できないということなのだがね」と、そんな良に、天才は続けた。「人は、なんとなく、間違う。流れにそって、悪へと堕ちる。理由もなく、思想もなく、思い切りもなく、気付いたときには、当たり前のように、

『道』を誤るものだ。しかしね、それに相反して、『気付かないうちに正しいことをしていた』とか、『いつのまにか善行を働いていた』とか、『うっかりいいことをしていた』とか、そういうことはない——絶対にない。意志がなくては正しさはない。正しい行動には、正しい意志が不可欠なのだ。正しいことは、しようと思わなければ、できない——もしもきみが正しいことができなくて苦しんでいるのだとすれば、それはきみが、正しいことをしようと思っていない

からだ」

子供相手に噛み砕いた説明、どころか、かなり手厳しいことを言っていた——結局、言っていることは天才の天才理論でしかなかったが、しかし、良の荒《すさ》んだ心に、それほど染みる言葉はなかった。傷口をアルコールで消毒されたかのように、激しく染みる。「正しいことを、しなくていい理由はいくらでもある。迷う材料は山ほどあるし、不安材料も、売るほどある。人のせいにするのもいいし、社会のせいにするのもいいだろう——時代のせいにだって、運のせいにだってできる。だが、正しいことをしていない人間は、できないのではなく、やらないだけだということを、自認すべきだがね。きみもまったく、無理に正しいことをしなくてもいいが、それは、できないわけではなく、やらないことを選んだのだということを、ゆめゆめ忘れぬことだ。正しき者はみな、①すると決めて、②する。きちんと段階を踏むことだ——①の段階にいながらにして、②を悩むのは、愚の骨頂だがね」天才はそれを結論のように言ったが、そのときの良には、やはり、すべてがわかったわけではなかった——同じ戦士でありながら、彼我にはまさしく、大人と子供ほどの差があった。だけど理解はできなかったが、彼の言うことを、理解したい——と思った。理解できる自分になりたいと思った。本当に思った。その後、文字通りの子供扱いで、全然健康なのに、おんぶされて、近隣の都市まで運ばれても、何の抵抗もできなかった。「では、今後は気をつけたまえよ」そして天才は、良を安全地帯に送り届け、すぐに戦場へととって返そうとする。もっと話したくて、恥知らずにも体調が悪い振りをして引き留めようとしたけれど、「そういうわけにはいかないのだね」と、天才はにべもなかった。「お嬢ちゃんみたいな子供をあと何人か助けるのが、私の仕事だからね。では、もう二度と戦場には近付かないように。きみが私のような人殺しと――私のような皆殺しと、二度と会わずに済むことを祈っているよ」あくまでも彼は正しかった――正しい道を正しい歩きかたで歩いていた。戦場の矛盾を直視したまま、その矛盾とまっすぐに戦っていた。そして、彼にとっては自分など、大勢の中の一人でしかないことを痛感した。同じ戦士のはずなのに、まったく、そのありようは違った――本当に戦士と呼んでいいのは、呼ばれる資格があるのは、ああいう者だけではないのかと思った。だが、それを悔しいとは思わなかった。むしろ、今、初めて、人生の目標ができたような気分になった。何も考えずにぼんやり『道』を歩いていたときとも、その『道』から外れてしまったときとも違う。(いつか……またあの戦士に会ったとき、今度はちゃんと、認めてもらえる自分に、なりたい)もう会わずに済むことを祈っているなんて言われたけれど――そんなの、知ったことか。

①したいと思う。②する。

正しさが何で、戦うことの意味が何かなんて、きっと、ずっとわからないままだろうけれど――とりあえずそのあたりから、良は始めてみることにした。自分という人間を、再開することにした。考えるのをやめていたあれこれを、再検討することにした。この日から、支障はなかった良の人生に大きな壁として立ち塞がる、目標にしたい師匠ができたのだった。

3

わけがわからないことを言っていたあの天才が、『わけがわからないくらい強い』と表現される『丑』の戦士——その名も失井であることを突き止めるのに、そんなに時間はかからなかったが、しかし世界は広いし、戦場は無数にある。わかったつもりになるには、あまりに速過ぎた。戦い続けていればいつかきっと会えると信じていた私淑《ししゅく》する天才に、やっぱりもう会えないんじゃないかと諦めが入ってきたところに、今回の十二大戦だった。四つん這いならぬ工夫のない土下座で、すっかり没交渉だった実家に頭を下げて、なんとか参加戦士としてねじ込んでもらった——周期から考えて、この十二大戦がほとんど最後の望みだった。だから、あのスタート地点の展望室で、まるで老けていない彼の姿を見たときには、酒も入っていないのに踊り出したくなるくらい舞い上がったものだったが——(だってのに、この馬鹿は——この牛は、あたいのことなんて、まったく憶えてなかったってんだからねえ！　あー、腹立つ！)そんな怒りを込めながら、良は、『丑』を突き飛ばした。彼が決闘宣言をした、その直後のことである——名乗りもあげずに不意打ちをするなど、およそ戦士の作法には反することで、それこそ『戦士の風上にもおけない』振る舞いだった。が、それも仕方がなかった。

彼の背後から迫る、殺したはずの『卯』の両刀から、『丑』を庇《かば》うためには——一声かけている余裕などなかった。

当然ながら、『丑』を突き飛ばした以上、そのときまで彼がいた位置には、自分がポジショニングすることになる——『卯』の刃が迫る、まさしくその位置に。(ああ、もう……、せっかくここまで辿《たど》り着いたっていうのに……、心の師匠から決闘を申し込まれるところまで来たっていうのに——結局うまくいかないのかよ、あたいの人生は——)庇うことなんてなかったのだ。庇わなくとも、天才ならどうせ自分で対処できたに決まっているのだから。たぶん、『卯』は、『死体作り《ネクロマンチスト》』とやらの技能で、自分自身を傀儡《かいらい》としたのだろうが——それだったら、パワーはともかくスピードには欠けていたはずなのだから。それなのに、自分のような未熟者が割り込んで——なんでこんなことを、自分は——(すると決めて——した)

白兎と三月兎が、良の腹の、柔らかいところに突き刺さった。

八つ裂きにした『卯』の腕の部分だけが、地面から筋力で跳ね上がっての斬撃である。腕だけでは獲物を捕捉できないゆえ、急所は外れたらしい。しかし、それでも深い傷、あまりにも深い傷だった――痛いなんてものじゃない。ここに追撃がくればもう防ぎようはない。と、覚悟を決めて目を閉じたところに、「『寅』っ！」と、初めて聞く、取り乱した調子の『丑』の怒鳴り声と共に、彼の斬撃が飛んできた。左右の腕と同じように、兎のようにジャンプして、それぞれの部位で襲いかかってこようとしていた『卯』の、合計八つの死体が、ばったばったと叩き落とされる。あとのことを考えた配慮などない、『丑』はとにかく、『卯』の死体を、切り刻んだ。切り刻めば切り刻むほど、のちに対処しなければならない敵の数は結果、増えてしまうことがわかっていても、ともかく今々、この状況を脱するために。「くっ……」と、ようやく良の腹に刺さった剣を持つ手を、バラバラにして、刀剣ごと地面に落としたところで、彼女の首根っこを引っ張り、今や膨大なパーツの群れと化した、『卯』の死体から駆け足で距離を取る――良をおぶって、闇雲に走り出す。（また……、おぶられちまったねい……）「安心しろ、死なせはしない！」と、彼は、らしくもない大声で、気付けのように叫び続ける。「この失井、誰かに命を助けられたのは初めてだ――この恩は絶対に返さねばならぬからね！」（がんがんうるせーな……助けられた恩を返したのは、こっちだっての……）「……降ろせ」「！」「いいから……揺らされると、血が止まらないんだよ」初対面のとき以来の『おんぶ』に、衝動的に甘えてしまいそうになったが、良は強い意志でそう言った――『丑』も、「ああ、ならば止血を先にするかね。だいぶ距離も取った――すぐには追いついて来ないだろうからね」追いついて来られたあとの地獄絵図を思うと、あまりのんびりとはしていられないが、しかし早めに血を止めたほうがいいのは確かだったからだろう、『丑』は言われるがままにいったん足を止め、良を仰向けに、そっと地面に寝かせた。だが、彼のような天才をしても、腹部の止血は難しい。場所が胴体では、縛るわけにもいかない。ゴーストタウン内に病院を探し、治療器具を取って来るしかない……そんな時間はあるだろうか？（ないよなあ、そりゃあ。ないない）と、良は思う。「諦めるなよ。ここできみが死んだら、私が申し込んだ決闘はどうなるのだね！」（天才様は、自分じゃあこんな規模の傷を負ったことがないもんだから、好き勝手言えるみたいだが……仮に、応急処置の縫合が、奇跡的に間に合ったとしても……もう、あたいは戦える身体じゃなくなる。決闘なんて、できっこない……だったら）「なあ、『丑』の戦士さんよお」仰向けの姿勢のまま、良は言う。「決闘はもういいや……その代わり、ちょっと頼みがあるんだけれど」「頼み？」「お願いと言ったほうがいいかねえ。ひとつだけ、あんたにお願いがある」いっかな止まる気配のない、腹部からの出血を感じながら、「ぐるるう」と良は唸る。（可愛い女の子なら、ここでキスのひとつでもねだるんだろうが、あたいは、そういうんじゃないからねえ）

「あんたがあたいを、殺してくれ」

「…………！」「このまま血が足りなくなって死んだら、あたいはあの兎野郎に殺されて死んだ……ってことになるんだろ？　そしたら、あたいも『歩く死体《ウオーキングデッド》』になるんだろ？『死体作り《ネクロマンチスト》』とか、よくわかんねーけど……、そんなのはごめんだ……あたいは死んでまで、あんたと戦いたくない」あんたに決闘を申し込まれた時点で、これまでの戦いは十分に報われた。「だから、その前に、あたいを殺してくれ——言ってたじゃないか。あたいが無残なゾンビにならないよう、殺害してくれるって。遺恨の残らないよう、わけのわからない強さでただ殺してくれ、『皆殺しの天才』」「…………」『丑』はしばし、そんな彼女を見下ろしたのち、「了承した。ただし、あくまで決闘はとりおこなう。きみは私に、負けて死ぬのだ。作法に則《のっと》って、名乗りたまえ」と言った。（もう喋ることもしんどいってのに、死に掛けの女相手にも厳しいねえ——否、正しいのか）まったく、報われ過ぎだ。天才との決闘の末に死ぬなんて、自分のようなろくでなしには、過ぎた最期だった。（どこでしくじったのか、途中からは本当、ぐっちゃぐちゃだったけど……、最期だけは結構ウェルメイドじゃん、あたいの人生——自分に酔っちまいそうだよ）「ところで」と、『丑』はサーベルを、倒れた良に向けながら、言う。「結局、きみが私に抱いていた恨みとは、何だったのかね？　いったい、どこの戦場で、きみと私は会ったのかね？」「…………」と、良は沈黙したのちに、両手の爪を師匠に向けて、「恨みなんかないよお——会ったのもこれが初めてだ。単にあんたみたいな陰気な男が嫌いなのさ。ぐるるるう」と言った。

「『寅』の戦士――『酔った勢いで殺す』妬良」
「『丑』の戦士――『ただ殺す』失井」
決着は一瞬でついた。天才は死にかけを、正しい手順で、ただ殺した。『寅』の戦士・妬良。大酒呑みにして酔拳使い。敗退しながらも願いを叶えた、十二大戦史上、唯一の戦士だった。

(○丑―寅●)

(第十戦――終)

第十一戦

人の牛蒡《ごぼう》で法事する

失井《うしい》◆『助けが欲しい。』

本名・樫井栄児《かしいえいじ》。二月二日生まれ。身長181センチ、体重72キロ。通称『皆殺しの天才』。初陣は五歳の頃、初陣から皆殺しだった。そのときより既《すで》に天才の名を欲しいままにし、どれくらい欲しいままにしていたかと具体的に言えば、彼の登場以来、天才という言葉の意味が変わってしまい、他の人間には比喩としてしか使われなくなったくらい、欲しいままにしていた——それが絶えることなく続いて現在に至る。彼の戦闘スタイルは華麗にして実直なサーベル捌《さば》きで、言ってしまえばそれ以上でもそれ以下でもないのだが、しかし「『丑』を自陣に引き入れた陣営は必ず勝利する」という、戦場のキャスティングボートを握る戦士である。ただし、彼自身には特定の国家や思想に対する思い入れはなく、あくまでも一兵卒として戦地に赴《おもむ》く。勝つことは彼にとっては当たり前であり、戦争を、いかに終わらせるかのほうがよっぽど重要なのだ。『戦争を迅速に終わらせる』戦士として、『戦争をいつまでも停め続ける』戦士である『申』と、どこかで話してみたいと思っていた。サーベルの銘は『牛蒡剣《ごぼうけん》』——サーベル自体は特別なものではないただの量産品なのだが、とても大切に使っている。細身ではあるが、かなりの大食漢。自分では料理が作れないので、外食中心の食生活。戦士としてアルコールは摂取しないので、一人でご飯が食べられるお店に、とても詳しい。

1

感傷に浸っている時間はない。そもそも、こんな風に、死にかけている人間にとどめを刺すなんてことは、戦場ではざらにあることだ——それが一回増えただけのことである。ゾンビ化する前にケリをつけたという意味では、『酉』の戦士を殺したときと、シチュエーションはそんなに変わるものではない——だからあくまでも冷静に、あくまでも冷徹に、次の行動に転じるべきなのだ。それがわかっていながら、『丑』の戦士・失井は、（…………）と、歴戦の天才らしくもなく、一瞬、自分が『ただ殺した』、『寅』の戦士の、もう動くことのない死体に、視線をとらわれた。否、らしくないと言うなら、もっと前からだ——協調している相手が大ダメージを受けたからと言って、あんなに取り乱したことは、かつてなかった。後先考えずに死体を切り刻んだり、逃げたり、叫んだり——滅多にない体験ばかりだった。それはひょっとすると、彼女の中に、かつて戦場で会った少女の面影を見たからかもしれない。（いや、今にして思えば、あれは少女ではなかったのかもしれないがね——）しかし、あのとき彼女が訊いてきたことは、少なくとも年端もいかない少女がするような、素朴な質問だった。純粋な疑問だった。どうしてそんなに正しいことができるのか、正しいことをするにはどうすればいいのか——考えたこともないようなことを訊かれ、戸惑ったのを憶《おぼ》えている。それは天才と呼ばれ続けた彼に、そんな漠然とした質問を投げかけてくる無礼者はいなかったというだけの話なのだが、しかし、その新鮮さは、基本的には人生がすべて思い通りになり、大体予定通りに決まったことしか起こらない天才にとって——意外性に餓えている天才にとっては、すさまじく新鮮だった。だからその新鮮さに、真剣さで応えた——真剣に答えた。『①すると決める。②する』——言って初めて、己のスタンスを自覚できた気がした。もしも失の天才性に、完成された瞬間というのがあったならば、あのときをおいて他にないだろう——実際、その後の彼の活躍は、一層目覚ましいものとなった。(もっとも、こうも屈強な戦士を、素朴で純粋な少女扱いなどするのは失礼だがね——酒の呑めない私だが、この戦士とだったら、一杯くらい付き合ってやってもよかったかね。さあ)

しかしそこは天才である。死体に視線と、そして心をとらわれたのはあくまでも一瞬のことで、哀悼のような祈りを捧げたのも一瞬のことで、そして意識を完全にスイッチする——ここで彼女を埋葬しようというほど、情に溺《おぼ》れてはいない。今は十二年に一度の十二大戦の最中だったし、失が今、埋葬しなくてはならない死体は別にある。(『卯』の戦士・憂城——死体になってまで、まだ戦わんとするかね。我ら戦士にとって、死は救いでもあるはずなのだが——『死体作り《ネクロマンチスト》』には、そんな理屈も届かないかね？　それにしたって、自分の死体まで使役するとは、正気でないにもほどがあるがね――）否、そう思いつつも、彼の動きについて、失は、一定の理解は示す。彼が何をしようとしているのか、わからなくもない。『卯』は、敗北を覚悟して、自暴自棄になって自らの死を選び、『どうせ死ぬのだから』と、他の戦士を道連れにして、十二大戦を台無しにしてしまおうとしている――わけでは、決してない。

死してなお、彼は優勝を目指している。

ポイントは、今回の十二大戦にあるルールの穴だ。むろん、それは本来、穴というほどのものではない。穴というより、綾《あや》のようなものだ。言葉の綾――審判員ドゥデキャプルが説明した、第十二回十二大戦の満たすべき勝利条件は、参加戦士の各々が、それぞれ呑み込んだ毒の宝石を、十二個すべて集めることである。いわゆるバトルロイヤルとは言え、究極、直接的に戦わなくとも、結果として宝石さえすべて集めればいいというルールは、様々なタイプの戦士が集う十二大戦のルールとしては、至極フェアなものである。しかし、あくまでも宝石を取り合う、宝石を収集するという名目で行われるこの大戦は、建前上、殺し合いを謳《うた》っていないだけで、実際には宝石を奪おうと思えば、相手の内臓に手を突っ込まなくてはならない以上、殺さずに宝石を奪うことは、基本的には不可能だ。例外となるケースは、『未』のように、最初から宝石を呑み込んでいなかった場合だけで、これはあくまで、参加戦士が反則を犯したという例外である。結局、優勝者以外の十一人が全員死ぬ結末が、この大戦の前提――他の結末は、決着がつかないままタイムアップを迎え、その時点での生き残り戦士全員が、呑み込んだ毒の宝石で、毒死するという惨憺《さんたん》たる結末だ。むろん、失には不可能だが、中には毒で死なない戦士もいるだろう――たとえば失とは接点がない戦士だったけれど、『戌』の戦士は、体内で毒を無毒化して、生き残りをはかっていた。それに、失が、想像可能な範囲で言うなら、この『皆殺しの天才』が殺し損ねるほどの防御力を誇った『鐙《あぶみ》』を持つ『午』なら、体内の毒からさえ身を守れたかもしれないとか――そういう細かい可能性もあるにはあったが、仮にそんな形で生き残ったとしても、どんな形で生き残ったとしても、十二個の宝石を集められていなければ、勝利条件を満たしていない以上、彼らには優勝資格はない。

逆に言えば、勝利条件さえ満たせば、死んでいようとも、優勝資格があるということになる。

かなり無理矢理なルール解釈だが……、だからこそ『卯』の戦士は、殺される前に、自ら命を絶ったのだ。自分の命さえも、彼は無機質に扱った。右の道は通行止めだから左から回ろうというくらいのニュアンスで、生きているままだと優勝できないから死んで優勝を目指そうと、方針を切り替えた――十二個の宝石を集めろという指令を己に出して、己の意識を終わらせた。

(死んだり殺されたりしたら失格という一文を、ドゥデキャプル氏が入れておいてくれたらよかっただけなのだがね——まあ、主催者も、『死体作り《ネクロマンチスト》』が、こんな真似をするとは思うまいか）いや、ひょっとすると、ここまで含めて、『卯』に与えられたアドバンテージなのかもしれない。どうもここまでの戦いを振り返ってみる限り、それぞれの戦士がそれぞれに、十二大戦のルールに対して、何らかの優位性があったようだと、『丑』も推測するが……。（私にはその優位性は、なかったようだがね）天才性の他に優位性まで求めようというのはさすがに図々しいのかもしれない。ならば他の戦士に与えられていたのは、アドバンテージではなくハンディキャップだったのかもしれない。（いや……『寅』の戦士と出会わせてもらっただけでも、十分なアドバンテージだったがね……彼女との共闘がなかったなら、彼女の助けがなかったら、私は既《すで》に死んでいるのだからね）とにもかくにも、『卯』の戦士は死んで、十二大戦から敗退しながらも、勝手に敗者復活戦を挑んできたというわけだった——してみると、『寅』の腹を刺したのは、狙いが定まらなかったからというわけではないのかもしれない。彼女の体内にある宝石を狙っての、的確な——（……そう、理屈はわかる。感情論を抜きにして考えたら、『卯』の行動には、すべて説明がつく——新奇性狙いの衒気《げんき》でやっているんじゃあない。異様な風体で、異様な戦いかたをしているようでいて、していることはすべて『正しい』——だが）だが、どうしてそこまでする？　十二大戦は、優勝すればどんな願いでも、たったひとつだけ叶う——しかしながら、それも命あっての物種だ。死んでまで叶えたい願いなんて、人間にあるのか？　そんなことをするくらいなら、同じように正しい手順で、優勝を放棄することで生き残るすべを考えるべきなのではないのか？　『卯』の戦士――憂城。

彼は何をすると決めて、何をしている？

……疑問は尽きないが、失は（しかしたぶん、この謎は解けることはないのだろうね。彼が何を庶幾《しょき》して十二大戦に参加しているかは、探りようがない）と、それらを頭から振り払う。（生前でもできなかった意志疎通が、死後の彼とできるはずもない――ならば、仔細に及ばず。私にできることは、だから、せいぜい彼を供養してやることだけだがね）供養と言えば聞こえはいいが、要するに『火をつけて燃やす』ということである。今のところ、『死体作り《ネクロマンチスト》』に対する有効的な対策は、そのひとつだけだ。一応、『凍らせる』という手立てもないわけではないのだが、液体水素など、そう街中で簡単に入手できるものではない。（火種だって、そう簡単に手に入りはしないだろうがね――やはりガソリンスタンドを探すしかないのかね？　それとも、手間はかかるが、そのあたりの自動車から、かき集めるかね――）再び死体を、今度は一人で相手取ることになり、失はまたしても慣れない作戦を考え始めたが、しかし、その思考は途中で、「なっ……！」と、思わず声をあげるという形で、中断させられた。そうは言っても、それなりに距離を取ったのだから、バラバラに刻んだ『卯』の死体が追いついてくるまでには、もう少し時間がかかると思っていたのだが――現れたのは、現れた死体は、バラバラ死体ではなかった。

斬り刻んだ死体の部品が再び集結して——一人の人間のシルエットを形作っていた。

シルエットを、と言ったのは、それがシルエットでしか成立していない集結だったからだ——できる影こそ生前の『卯』とほぼ同じだが、ただそれは、失がバラバラに切り刻んだ部品が人の形に寄り集まっただけであって、あちこちが間違っていて、まったく人体の体《てい》をなしていない。左腕は裏返っているし、右腕と左足は入れ替わっているし、眼球は腹に食い込んでいるし、頭皮は腰から生えているし、爪が胸から突き出しているし、口の中が尾體骨《びていこつ》で埋まっているし、心臓がむき出しで、そこで指がわらわら蠢《うごめ》いている——部位がコンバートされ尽くしていて正しい部分を探すほうが難しい。たとえるなら、プラモデルを説明書も完成予想図もなしで、無理矢理、思いつきで組み上げたかのような有様だった。寄せ集めと言うのか、継《つ》ぎ接《は》ぎと言うのか……。各パーツの縫合は、血管や筋肉繊維によって行われている——その他にも、血液を凝固させて糊のように使ったり、剝がした皮膚でくるんでラッピングしたり、肋骨を添え木にしたり、根元から抜歯した親不知を釘代わりに打ち込んだりで、無理矢理な造形でありながらも、再びバラバラになることがないように、堅く固定してある。そして両刀『白兎《しろうさぎ》』と『三月兎《さんがつうさぎ》』も、人体の部品として組み込まれていた。およそ刀を持てる形状ではない両腕——

片方は足だが——に、小腸を使って縛り付けて、それを松葉杖のように使って、ここまで歩いてきたらしい。（もはや、『歩く死体《ウォーキングデッド》』でさえない——怪物そのものだ）戦場でこれまで散々、凄惨な死体を見てきたつもりの失だったが、そんな彼をして初めて、目を背けたいと思った。

これもまた、理屈はわかる——行動原理の説明はつく。『地の善導《ぜんどう》』という、独特の戦闘スタイルを持っていた『巳』や、『天の抑留《よくりゅう》』で空を飛ぶことができた『辰』とは違って、飛翔能力を持たないのはもちろんのこと、地面を這って移動するのも本分ではない『卯』にしてみれば、バラバラで刻まれたままで失を追うよりも、もう一度、己の身体を組み上げて、普通に歩いて追ったほうが速いという判断なのだろう。普通と言っても、のっそりと歩く姿には普通の部分がほとんどないが——だがその不気味という言葉をそのまま形にしたような『卯』のありようは、失に光明ももたらした。（そうかね……、首を絞められたときの印象が強くて、そうと思い込んでいたけれども、死体の戦闘スタイルによっては、バラバラ死体のままで戦うのが、必ずしも有利というわけでもないのかね……ならば、もう一度、我がサーベル『牛蒡剣《ごぼうけん》』で、細かい部品に分解するというのは、有効かね？）ただ、それでは同じことの繰り返しでもある——時間は稼げても、決定打には欠ける。（そして、こう言ってはなんだが——この男にだけ、構っているわけにもいかんのだがね）本来ならば、失にとって『卯』は、もう倒した相手なのだ——今は十二大戦の最中であり、ずっと『卯』一人にかまけてどうする、という話だ。

そういった意味では、失がたとえ天才であろうと何であろうと、常にこれと決めた、最適な行動を選択できる戦士であろうと、情報不足は否めなかった。『鴉《う》の目《め》鷹《たか》の目《め》』も、それに類する技術もない以上、戦場を俯瞰《ふかん》することができず、ゆえに他の戦士が現在、どういう状況にあるのか——十二大戦の現状が、失には見えていない。既にほとんどの戦士は敗退していて、生存者は、彼を除けばあとたった一人だという状況がわかっていない——彼が知っているのは、『寅』『辰』『巳』『午』『酉』『亥』の六人が敗退していることだけ——強《し》いて言えば、『酉』が毒の宝石をひとつ持っていたことから、彼女が誰かを倒していること、あとはせいぜい『寅』の言動から、『未』が敗退していることをかろうじて推定できるくらいである。まあ、さすがに死亡を確実に把握している戦士以外の全員が生き残っているということはないにしても、それにしたって、彼にとってはここで手間取っていていい理由は、ひとつもないのだった。（となると……、もう一度バラバラにして、また組み上がろうとする間に、なんとかガソリンを調達するかね）正直、切り刻むのも気持ち悪いと言うか——今の悪趣味な姿の『卯』に刃を入れるというのは、死体をいたずらに損壊するようで気が進まなかったが、他に有効な手立てはなさそうだ。幸い、無理矢理人体を形作った今の『卯』は、『這う』よりは速く失に追いつけたのだろうが、それでも決して素早くはないし、その動きは、比較的推定しやすい。それに、固定されているとは言っても、継ぎ目の部分にいくらか切れ込みを入れるだけでも、手をかけるまでもなく、自重で自然にバラバラになるだろう。（しかし——こんな姿になってまで叶えたい願いとは、本当、いったいなんなのだろうね）そんな風に思っているうちに、死体を寄せ集めてできた怪物は、ずるずると、失の目前にまで迫ってきていた。そして松葉杖代わりに使っていた刃物を、ぐわっと振りかぶる。（脳、とか、心臓、とか……、急所を狙うことに、もはや気休めほどの意味があるとも思えない姿態ではあるがね――）なので失は、あくまでも『卯』の姿態の解体を目的に、そのサーベルを放った。『卯』が振りかぶった二本の刀、『白兎』と『三月兎』が振り下ろされる前までに、天才の刃は、合計で六筋、怪物を斬った。頭部を斬り、四肢を切り、そして最後に胴体を袈裟《けさ》斬りに――したところで。

斬り割いた死体の中から、死体が飛び出してきた。

「がっ……!?」まるでびっくり箱だった。バネ仕掛けのように失に向けて飛び出してきた、ぐちゃぐちゃに組み上がった『卯』の死体の中に潜《ひそ》んでいたのは――誰あろう、『申』の戦士・砂粒の死体だった。英雄のなれの果て――死体。「ぐっ……」抱きつかれ、その怪力で地面に押し倒されながら、失は（既に殺されていたのか、『申』――）と、己の決定的な不覚を悟る。この平和主義者が『卯』によって殺され、使役されるだけの死体になっていたことを推定できなかったことが不覚なのではない。それは失の立場からでは、知り得ない情報だ――だが、死体のパーツで組み上がった怪物の中に、他の誰かの死体が混じっているという可能性だけならば、推理できていたはずなのだ。バラバラになった死体がプラモデルみたいに組み上がって、人の形を形作った――その時点で相当おぞましく、思考が止まってしまっていたけれど、各パーツの接着にも死体の部品が使用されている以上、『卯』の戦士の、元の大きさとほぼ同じサイズに仕上がるというのは、絶対に理屈がおかしかったのだ。張りぼてのように、空洞になった胴体の中に、足りなくなった分の詰め物がしてあるかもしれないと、思い至っていれば――それが『申』とまではわからなかったにしても、『死体作り《ネクロマンチスト》』が使役する、他の死体が詰まっているかもしれないと、考えを進めることができたかもしれないのに。むろん、足りなくなった分の体積を、女子の死体一人分で埋めたというような単なる足し算ではなく、むしろそちらが本筋だったのだろう。もう一度バラバラにしようと、のこのこ近付いてきた失の、不意を突くための『びっくり箱』だったのだ――結果は、不意を突かれたどころではない。よもや死体の中に、更に死体が詰まっているなんて、完全に発想の外だった――まったく、不覚としか言いようがない。おぞましさに目を逸らさず、考え続けていれば――（否……仮に推定できていたとしても、その死体が『申』だったという時点で、結果的には大差ないがね……）信じられないパワーで組み敷かれて、身じろぎもできない。死体の中に収まるような小さな体軀《たいく》で、なんという腕力だ。死体ゆえに、リミッターを振り切っているというのもあるにしても、この平和主義者が生前、どれほどの潜在能力を抑え込んでいたのか、自制していたのか、まざまざとわかる。（私が『寅』を連れて避難して……、距離を取った間に、『卯』は『申』の死体を呼び寄せて、バラバラ死体のプラモデル細工にも、協力させたということかね……。でたらめに組み上げたにしても、あまりにもクリーチャー過ぎると思ったが、それは人体を形作ることより、中に人一人が潜める構造に作ることを、優先していたから——古代の人間が、マンモスの死体で家を作ったようなもの……か？）そんな風に、冷静に分析してみせる失ではあったが、しかしながら、これは天才に、まだ余裕があるからではない。ここからでも逆転の目があるから、慌てずに現状を理解しようとしているのではない——むしろ天才であるがゆえに、『皆殺しの天才』であるがゆえに、状況が完全に詰んだことを理解せざるを得なかったからだ。組み敷かれたときの衝撃で、サーベルもどこかに転がっていってしまった——『申』の小柄な死体は、しかし完璧に、失を地面に固定している。関節を極《き》められているわけでも、締め上げられているわけでもない、ただの力ずくだが——それはその気になれば、失の手足をそのまま押し潰すことさえ可能なパワーだ。にもかかわらず、そうしないのは——『申』が失に危害を加えようとしないのは、むろん、生前の彼女のような平和主義ゆえではなく、勝負がもう決まっているからだった。視界の端に、緩慢に、再び組み上がっていく『卯』の死体が見える——時間がかかっているようだが、『獲物』を確保している以上、時間はいくらでもかけてもいいということなのだろう。（そう——私を、『申』に殺させるのではなく、『卯』自ら殺そうとしている——私の死体を、できるだけ損傷の少ない状態で、己の眷属《けんぞく》とするために）『寅』が恐れていた事態が、今度は失を襲おうとしているのだった。『亥』や『辰』や『巳』、『申』のような『歩く死体《ウオーキングデッド》』……あるいは『卯』のようなクリーチャーと化して、意識もなく志《こころざし》もなく主義もなく、命令に従って戦い続ける――（……今と大差ないと言えば、大差ないがね。戦うだけの一兵卒が、生きているか死んでいるかの違いだけだ。だが――正しい動きができなくなるのは、嫌なものだ）①正しいことをすると決める。②する。いつか少女に、失が言った台詞だ。今のありさまを思えば、ずいぶんと偉そうなことを言ったものである。（今、私にできる、正しいことは――自分で自分に決着をつけることだけかね？　すると決めて――するだけかね？）四肢をぎゅうぎゅうに、力ずくで押さえつけられていようとも、舌を噛むことはできる。『卯』がそうしたように、だ。自殺など、もっとも自分には縁遠い行為だと思っていたが、しかしとここに及んでは――「ぐあっ！」そんな決意を、いや迷いを、的確に察知した『申』の死体は、その額を、彼の顎にぶつけてきた。頭突きである――それだけのことで、失の自殺を妨げた。たった一発のヘッドバットで、彼女は失の歯を、あらかたへし折ったからだ。歯がなければ、舌を噛み切ることはできない。否、そうでなくとも、失に自害など、できたかどうかは怪しいが――ともかく『申』は最小限の動きで、失に最小限のダメージを与えた。（歯が全部なくとも、物言わぬ死体となれば、あまり関係がないしね――私の場合、噛みつきが武器でもあるまいし。見栄えは悪いがね）口の中に鉄の味を感じながら、失は、（結局、この『申』の死体が『卯』の手中に落ちていた時点で、今回の十二大戦の、趨勢《すうせい》はほとんど決まっていたのかもしれないね――）と思った。（現状、どれほどの戦士が生き残っているのか知らないがね……、『戌』や『未』の実力で、どうにかできるとも思えない……、あとは――）誰だっけ？

十二戦士は、もう一人、いたはずだ。口腔内の痛みに、思考がうまくまとまらないが、そう、確か――

「『子』の戦士――『うじゃうじゃ殺す』寝住」

そう――鼠《ねずみ》だ。その声を聞いて、失は、「…………」と、首だけでそちらを向いた。そこには、戦士と言うにはあまりに若過ぎる、スタート地点で一貫して眠そうにしていたかの少年が、やはり眠そうに、立っていた。いや、若さについては、わずか五歳で戦場に出た失に、言えることはないのだが――しかし、どうして彼が、今、ここに？　十二大戦において、まったく気配を感じなかった少年が、どうしてこんな場面に登場する？　こんな仕上がってしまった場面に来ても、彼にできることなんて、あるはずがない。場違いもいいところで、滑稽でさえある――滑っている。まるで、絶体絶命のピンチに陥った失を、助けに来たかのようなタイミングだが、しかし、そんなわけがない。天才である彼を助けようとする大馬鹿者なんて、あの酔っ払いをおいて他にはいないのだから。「ぎりぎり間に合ったかな……、いや、『未』の死体を探すのに、思いの外《ほか》手間取っちゃってさ……まあ正確には、探していたのはこれなんだけど」そう言って少年が取り出したのは、『未』の戦士・必爺が武器として持ち込んだ、『申』さえも恐れた投擲手榴弾《とうてきしゅりゅうだん》『醜怪送り《しゅうかいおく》』だった。

2

徐々にではあるが、着々と組み上がっていく『卯』の死体——しかしそれは、そのシルエットが完成するまで、組立てを途中でやめることができない以上、現状、他の行動には移れないということでもある。失をがっちりと押さえつける『申』——しかし失を地面に固定する役目を負っていることで、同時に自分も動くことのできない『申』。『ぎりぎり間に合った』と少年は言ったが、どころか、タイミングは今しかなかった。今、このときしかなかった。千載一遇なんてものじゃない、空前絶後だ。ここを逃せば、『卯』と『申』の死体を、まとめて始末できる機会など、金輪際ないだろう。むろん、『まとめて始末』の中には、他ならぬ失も含まれてしまっているけれど——彼は既に、死を決意した身だ。『子』の戦士のパーソナリティなど知らないし、彼がどうして、ここに現れたのかもわからない。彼が世界一の大悪党で、チャンスをこそこそ窺《うかが》っていた姑息《こそく》な卑怯者だろうと、知ったことではない。重要なのは、彼が投擲手榴弾という、まさしく、死体を相手にするのにうってつけとしか言いようのない爆発物を、その手に持っているということだった。「こんなこと言っても、気休めになるかどうか、わかんないけど」と、少年。「そこで死んでる『寅』のおねーさんが、『未』のじーさんを倒してくれていたから、俺はこの手榴弾を、こうやってここに持ってくることができた……、だから、ここから先の出来事は、あんたの相棒の功績だ。それを踏まえた上で、何か言い残すことはあるか？」「ない。やってくれ」と、失は即座に言った。たとえこの少年が、世界一の大悪党だったとしても、姑息な卑怯者だったとしても、『卯』を野放しにするよりは——十二大戦の優勝者を『卯』にしてしまうよりは、彼が優勝者になるほうが、確実にマシだった。『申』の死体と『丑』の死体を引き連れた『卯』の死体が、世界中の戦場でのさばって、更に死体を量産していく未来より酷《ひど》い未来なんて、あるはずがなかった。正しいことをすると決めて、する——先程彼が手に掛けた、『寅』の戦士のように。「私にとっては、これが正しいことだ——きみは、きみが正しいと信じることをしたまえ、少年」そう言って、目を閉じる。

「『丑』の戦士——『ただ殺す』失井」

けじめとして、失が名乗ったのを受けてから、『子』の少年は、「…………」と沈黙してのち、手にしていた手榴弾をすべて、こちらに転がしてきた。そして素早く距離を取る——すさまじく逃げ足の速い少年だった。道理でここまで生き残れていたわけだ——（鼠か……、牛の頭に乗っかって、干支の一番乗りをした動物だったかね、そう言えば——）同じように、失も乗っかられてしまったのだろうか。だとしても、いいだろう。彼が言った、こじつけのような気休めは、しかし、自分でも驚くほど、心安らぐものだったから――十二大戦の優勝くらいのどうでもいいものは、譲ってやってても構うまい。（何を願うのかな、あの子は……、しかし、あの子、どこかで会ったような気が、しないでもないが――確か）

爆発した。

展望室で述べられた元武器商人の言葉には嘘偽りや誇張が一切なく、片手に収まる手榴弾とは思えぬ威力で、『申』の死体や『卯』の死体、『丑』の肉体はもちろんのこと、近くにあった『寅』の死体はおろか、周辺一帯をあらかた吹き飛ばさんばかりの巨大な爆炎があがった――あとに残ったのは彼らがそれぞれに所持していた、十一個のどす黒い宝石だけだった。またしても地下道へ逃げ込んだ『子』の分を合わせて、十二個の宝石。第十二回十二大戦は、こうして終結した。

（○子―丑●）

（第十一戦――終）

終戦

大山鳴動鼠一匹

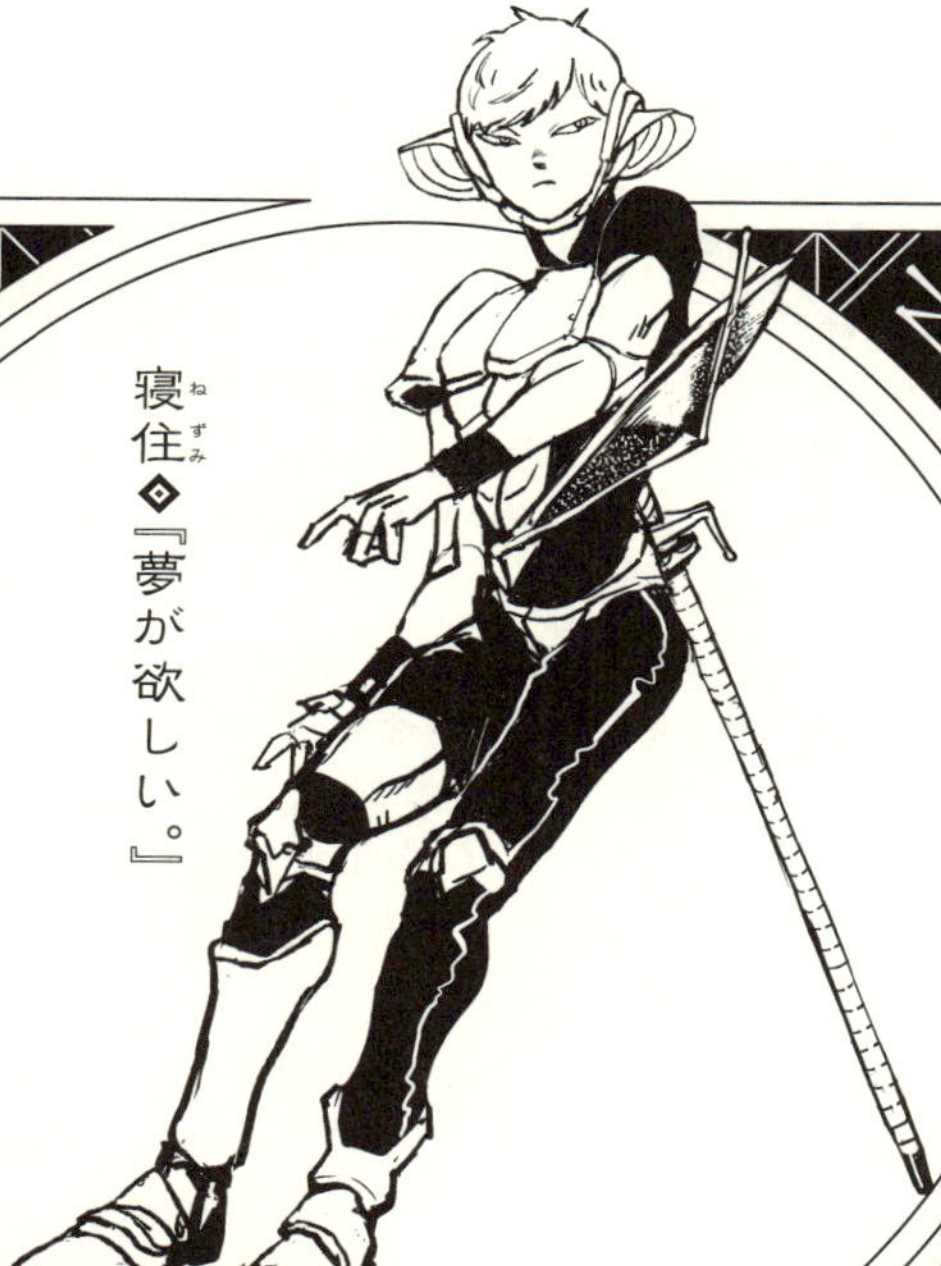

寝住《ねずみ》◇『夢が欲しい。』

本名・墨野継義《すみのつぎよし》。三月三日生まれ。身長170センチ、体重55キロ。戦士にして現役高校生。彼の戦士としてのもっとも際だった特徴は確率世界への干渉力『ねずみさん《ハンドレッド・クリック》』。彼は同時に100までの選択を実行できるのだ。簡単に言えば、ジャンケンなら、『グー』と『チョキ』と『パー』を同時に出せるということである。そして実行後、任意の選択を現実として確定する。『グー』を選べば、『チョキ』と『パー』はなかったことになる。100通りの予知ができて、そのうちのひとつを選択できると理解すればまあ近いのだが、そのすべてが選択的な自己予言であり、その上実体験であるところが大きく違う。フローチャート100の分岐をすべて同時に試し、のちに最適だと思うルートに進める特権、と言うと、若干チートじみているけれど、実際には100の選択をどう選んだところで大抵は似たようなルートに至るし、同時に100の体験をすると、精神は過大な負担を強《し》いられることになる——要するに眠くなる。消滅した分岐の記憶は、彼以外の者には残らない（たまに残る）が、しかし彼にしたところで100ルートの体験記憶など、憶《おぼ》えきれるわけがない。そして失敗体験が百倍になるというのが大きなデメリット。意中の女子に同時に100通りの方法で告白し、すべて袖にされて以来（同時に百回振られ、百倍傷つくという地獄みたいな目に遭った）、基本的には、ジャンケンくらいにしか使い道のない特技だと、彼自身は考えている。が、彼がこの若さで十二戦士として選抜されたのは、通常の百倍に値する実戦経験を評価されてのことである。出場を避けられる選択肢は、彼が想定した100通りの分岐の中にはなかった。『正しい道《ルート》なんてあるわけがない』『真実はあっても正解はない』ということを、経験則に学んでいる彼は、妙に達観した性格になってしまったが、チーズを食べているときだけはテンションが上がる。同じ味のチーズってないな。

1

「おめでとうございます、戦士・寝住。第十二回十二大戦の優勝者は、あなた様でございます。エヴリバディ・クラップ・ユア・ハンズ！」そう言って十二大戦審判員ドゥデキャプルは高らかに手を打ったが、しかしそれに追随する『エヴリバディ』は、やはりいない――否、開会式のときと違って、拍手をしようとする者がいないのではなく、そもそも人間がいないのだ。あのときと同じビルの別フロア、展望室よりもずっと狭い、無人の殺風景な応接室みたいなところで、『子』の戦士・寝住は、ぼんやりとした頭で、シルクハットの老人の言葉を聞いていた。「解毒の処置は完了しましたので、もう心配はいりません。無毒化された宝石は体内でそのまま溶けて、なくなってしまいますよ」「そりゃよかった……もう帰っていいのか？」「いえいえ、もう少しだけお待ちください……うふふ。なにせ、あまりにも鮮やかな優勝でしたからね。後世へと記録して残すにあたって、いくつか、インタビューさせていただきたいのですよ」（インタビューねえ……、どうせ、事情聴取みたいなもんだろうに）住は眠い頭を押して、そんな風に考える――『ねずみさん《ハンドレッド・クリック》』の干渉力で、『断る』選択を同時に百通り実行してみたが、全部失敗した。しかも、体験のうち四十回は殺されている——ここはおとなしく、インタビューイに徹するしかなさそうだった。（まあ、百のうち九十九まで戦死した大戦中に比べれば、六十パーセントなんて、何の心配もいらないくらいの生存率だけどな……）そう思いながら、生存できた体験の中でも、目前の老人と比較的友好的な雰囲気が保たれていた分岐を、真実として確定した。確率的確定。「で、何が訊きたいんだ?」「まずはあなた様の、大戦中の行動を、解説を交えて教えていただきたいのでございます。なにぶん戦士・寝住、あなた様の行動は、外側からではいかなる手段で観察しても解析・評価ができるものではありませんからね……どうしてもご本人様確認が必要になってしまうのです。なにとぞご容赦を」慇懃無礼《いんぎんぶれい》が過ぎるその態度に、住は、苛立《いらだ》ちのあまり殴りかかる——という行動と共に、「別に、そんな変わったことはしてないよ」と素直に答えるという行動の、二通りを取る。前者の分岐では何をされたのかも把握できないような反撃にあって即死したので、当然素直に答えるほうの分岐を『真実』として確定した。「いつも通りいつもの方法で、百の戦術を、同時に実行しただけだ。干渉力『ねずみさん《ハンドレッド・クリック》』。そのうちひとつが、たまたま、まぐれあたりしたってことだよ。運がよかっただけだ」「なるほど、なるほど」なぜか嬉しそうに、ドゥデキャプルは笑みを浮かべる。「どんな優れた戦士でも、英雄であろうと天才であろうと、あるいは死体であろうと、一度に取れる行動はひとつだけ。何をするにしても、何をするにしても、右を向きながら左を向くことはできない——しかし戦士・寝住。あなた様には、それができるというわけですな——干渉力『ねずみさん《ハンドレッド・クリック》』。今回の十二大戦は、色々とイレギュラーがありましたが、終わってみればあなた様の圧勝だったということですか」（簡単に言ってくれるぜ）と、思う。同時に「簡単に言ってくれるぜ」と、口に出して言っている。どちらの場合も、特に何事もなかったので、思っただけのほうを、真実として採用した。（百の戦術を、同時に遂行するのがどれだけ大変だと思ってるんだ――すげー眠いんだからな、今）眠い、というのは彼にとって、単なる欲求ではなく、脳がすり減っていくような感覚だ――間《ま》がな隙《すき》がな考え続けた結果、意識レベルが際限なく低下していくのである。とにかく早く帰りたい。早く帰って眠りたい。そのためにはもっと協力的になったほうがいいのか、その程度を探ってみる――十段階の協力的態度で、ドゥデキャプルとの話を続ける。「さながら、シュレディンガーの猫ですね。箱の中の猫が、生きていると同時に死んでいる――あなたの場合は、さしずめシュレディンガーの鼠《ねずみ》ですか。……そう言えば、干支十二支の中に猫がいないのは、鼠に騙されたからだと言いますね」こちらの口を軽くするための作戦だろうか、雑談っぽい話を振ってくるドゥデキャプル。「今回は猫だけでなく、他の十一獣、全員を出し抜いたというわけですかな?」「……干支の中に猫がいないとは、俺は思ってないよ。だって、虎ってあれ、猫みたいなもんだろ?」「確かに」と、住の指摘に、ドゥデキャプルは納得したように頷《うなず》く。住は同時に、『寅』のことを思い出す――この分岐では、接点がまったくなかった彼女だが、同時に進行していた行動の中では、彼女と呉越同舟で戦った分岐もあった。（猫と鼠のコンビも、悪くはなかったけど……やっぱ丑寅のほうが、鬼強いってことなのかな。『鬼』強い。結局俺は、あの丑寅タッグに、同乗させてもらったようなものだし……いや、丑寅タッグもさることながら……）「……ない頭をひねって練った百の戦術で、それでも俺が優勝できた分岐は、この分岐だけだった――それだって、俺の戦術ありきじゃなく、砂粒のおかげだしな」「ほう？」いくつか試した中でこの言いかたが一番、ドゥデキャプルの関心を引いたようだったので、それを採用。薄氷を踏むような事情聴取に、（俺の戦いはまだ終わっていないらしい）と思う。だが、そんなことを思うと気が滅入るので、そんなわかりきったことはいちいち思わなかったほうの分岐を真実とした。「地下の下水道で、言われてたんだよ。『酉』のねーちゃんから『死体作り《ネクロマンチスト》』の話を聞いて……、あの平和主義者に頼まれてたんだ。もしも私が死んで、『死体作り《ネクロマンチスト》』に操られるようなことがあったら、きみが私を殺してって」「…………」無言で笑みを深めるドゥデキャプル――どの分岐でもその表情だった。まあ、選択できる行動は有限なので、どう行動しようと同じ結果になってしまうことはよくある――十二大戦に臨んだ百の戦術のうち、九十九で、住が戦死したように。ドゥデキャプルはほめそやすようなことを言ったがやはりこんな干渉力は、基本的には自分の無力さを思い知るためだけのものだ。一回生き残るために九十九回死んだ――のだったら、まだ試行錯誤のようで、努力と忍耐が、住にあったようにも思えるが、実際は、百人いる住のうち、九十九人が死んだのだと言ったほうが真実に近い。戦死した事実は、分岐を消滅させたところで、住の中にだけは残る――百人中九十九人が死んだら、それは勝利なんかではないだろう。惨憺《さんたん》たる敗北だ——だから住は、今回の十二大戦において、自分が優勝したという感慨はまったくなかった。他のみんなは一回しか死んでいないのに、住は九十九回も死んだのだから。（……そもそも、『あーすればよかった』『こーすればよかった』、そんな言い訳が許されない人生の、想像がつくか？　思いつくことは大体やって、それでも駄目だって思い知らされるんだ——『正しいと信じること』なんて、俺にはない。今回だって……）「俺は断ったら。——砂粒の強さは、同時進行中の分岐で、あいつと戦う羽目になったときに思い知っていたから。だけど、あいつは、ルール説明のときに『未』のじーさんが使うって言ってた『強烈な爆発物』なら死体にも有効だって教えてくれた。その爆発物がなんであれ、生きている私には通じないけど、死んでいる私なら——って」実際、その通りだったわけだ。『丑』には『卯』の死体を倒せたのは『寅』の手柄だと言ったけれど、同時に、『申』の死体を倒せたのは、『申』自身の手柄だっただろう。まあ、それだって、『丑』が彼女の動きを組み敷かれることで固定してくれていなかったら、住が投げる手榴弾《しゅりゅうだん》など、かわされていただろうが。（大戦開始直後に全員を攻撃しようとした奴が誰だったのかはわからないと砂粒は言っていたが——確信がなかったからいい加減なことが言えなかっただけで、それが『未』だと、あたりをつけてたんだろうな、たぶん）「だから、俺の戦略なんて全部外れだったんだよ。言っただろ？　まぐれだって。大会の進行が、俺にとってたまたま都合のいい形にはまったのが、この分岐だったってだけさ」「謙遜をなさいますね。あなたは刻一刻とめまぐるしく変わる戦局に、見事に対応していたと思いますよ。常に百通りの分岐を選択しているがゆえの、対応の早さなのかもしれませんが——」「……ちなみに、どの分岐でも、砂粒がどんな和平案を練っていたのかは、判明しなかった」金庫の中で『午』と話したように、やはりあれははったりだったのだろうか？「うふふ。いえいえそれは、あながち、はったりとばかりは言い切れないでしょうね——たとえば、もしも、あの平和主義者が、十二大戦の裏事情を知っていたと仮定するなら、百の分岐のわずかみっつの確率で、ドゥデキャプルは、意味深にそう漏らした。「和平案に『たったひとつの願い』を直接的に利用するのではなく、主催者サイドを交渉相手にしようと目論んでいたのではないでしょうか——救国の英雄であり、様々な国家と太いパイプを持っていた彼女ならば、あのかたがたと同じテーブルにつき、国をベットして、対等にやり合うことも、できなくもなかったでしょうからねえ」（……国をベット？　あのかたがた？）何を言っているのかわからなかった。どれほどの分岐を網羅しようとも、所詮は一匹の鼠でしかない住には、十二大戦の裏事情など、知るべくもないのだった——『鵜《う》の目《め》鷹《たか》の目《め》』のような情報収集力もなければ、百倍の実戦経験も、老練の戦士には及ぶべくもない——まして、英雄の心中《しんちゅう》など。（せいぜい、ちょろちょろ逃げ回るためだけの干渉力だ——それで俺が不感症になってんじゃ、世話ねーけどな）そんなことを、さして感傷的でもなく思う。そう言えば、どうしてバリケードを張った金庫の中に住がいたのか、『午』は不思議がっていたけれど、なんのことはない、あれも干渉力『ねずみさん《ハンドレッド・クリック》』の応用だ。作った本人も自覚していたよう、どんな強固なバリケードでも、所詮は突貫工事、隙間がまったくないわけもない――それを見つけるのに時間を要するというだけだ。だから住は、金庫に積み上げられた瓦礫《がれき》に百通りのアプローチをして、百通りのやりかたで隙を探して――換言すれば百人がかりで探索することで『午』のミスをついたのだ。（隙間を見つけるのは鼠の得意技……実際には、百通りのうち十通りくらいは、俺一人通れるくらいの隙間があったからな）これもまた、誰かの人為的ミスに期待するしかないという、大して役にも立たない曲芸だったが、しかし『巳』や『申』の死体による追跡をかわすときには、そこそこ役に立った。「はったりじゃなかったとしたら、悲しいことに俺には、その和平案に乗る資格がなかったってことになるな……、まあ、俺が途中で死んだルートの先で、その和平案が実現したパターンがあったことを祈るよ。和平案はいくつもあるとも言ってたから、そのすべてが結実したルートが、あったことを、強く祈る」祈ったところで、それらのルートは彼が消滅させてしまったのだが。そういう意味では、『人をもっとも救った戦士』が『申』ならば、『人をもっとも殺した戦士』が住である――あるいは、『世界をもっとも殺した戦士』か。「うふふ。和平案もさることながら、あなたが優勝できなかった残り九十九の分岐では、それぞれ、誰が優勝したのでしょうねえ？」それは住からしても興味深いところだったが、残念ながら、自分が優勝していない分岐は、イコールですべて、自分が中途脱落した分岐なので、その後、どんな展開があったのかはわからない。和平案が実現したパターンが実際にあったかどうかは至極怪しいが。（少なくとも、俺を含む全員が手を取り合って助かるってルートはなかったわけだ——最初の俺の選択次第では、あったのかもしれねーけど、さて）そこまでの戦況から判断する限り、たぶん、大半は『卯』の優勝だっただろう。……次いで、『丑』、『寅』といったところだろうか。『戌』や『未』の反則手が通じていたケースは、実際にはそんなに多くなかったようにも思う……やはり、まっとうに戦うのが一番ということか？　一番まっとうでない戦いかたをしたのは、住かもしれないけれど。「……そう言えば、百のパターンの中で、俺と『卯』が互恵関係を結ぶってパターンもあったよ。勇を鼓《こ》して声をかけてみたら、あいつと、思わぬ意気投合ができるって感じのパターン……俺のミスで、二人とも、『午』に殺されちまったんだけどな」しかしあれはあれで、得難い経験だったと思う。体験のすべてをはっきり憶《おぼ》えているわけではないが、あれについては鮮烈に印象に残っている。「『卯』に限らない……、砂粒以外は、どいつもこいつも、ろくでもない奴ばかりだったけど……、話してみると、意外と話せてしまったりして、わけわかんなくなるよな。みんなが何を願うつもりなのか、鼠らしくちょろちょろ聞いて回ってみたりしたけど、教えてくれた奴は、意外とみんな、普通って言うか、ありふれてるって言うか、慎ましいことを願ってたりしてたし……」「そうですか」と、ドゥデキャプル。はっとする。これは、まんまと言わされてしまった感があった——消滅させた分岐については、他人に語るべきではないというのに。住にとっては失敗だったが、しかしドゥデキャプルにとっては成果だろう。この分岐も消滅させようかと考えたが、しかし、同時進行中のドゥデキャプルとの会話は、どういう経路を辿《たど》ろうとも、最終的に、語らされてしまっていた――干渉力の限界である。（そして眠気も、いい加減限界だ……）そんな住の心中を察したように、「ありがとうございました。優勝者インタビューは、以上となります――十二年後の参考にさせていただきます。どうぞお帰りになって、お休みください。優勝賞品である『たったひとつの願い』が決まりましたら、いつでもこの私にご連絡いただければ」と、ドゥデキャプルは深々と一礼した。「みなさまの願いを慎ましいと仰《おつしや》った以上、戦士・寝住がいったい、どれほど壮大な願いの成就を望まれるのか、私としても楽しみであります」「そうだな……焦って決めるようなものでもないし、ゆっくり考えさせてもらうことにするよ」と、住は大仰《おおぎよう》そうに立ち上がった。変なプレッシャーをかけられたからというわけでもないが、今願ったら、いいからさっさと寝かせてくれと言ってしまいかねない――こんな大戦に意義なんて見出すつもりはさらさらないが、さすがにそんなのはごめんだった。「とりあえずは、百通りほど願いを考えてから、叶えてもらうことにするさ」

2

そして翌日、彼にとっては戦場とまったく地続きである学校に向かった少年は、百の人生を同時に生きながら、考えることになるのだった——どうしても叶えたいたったひとつの願いと、割とそうでもない99の願いを。

（十二大戦——終）

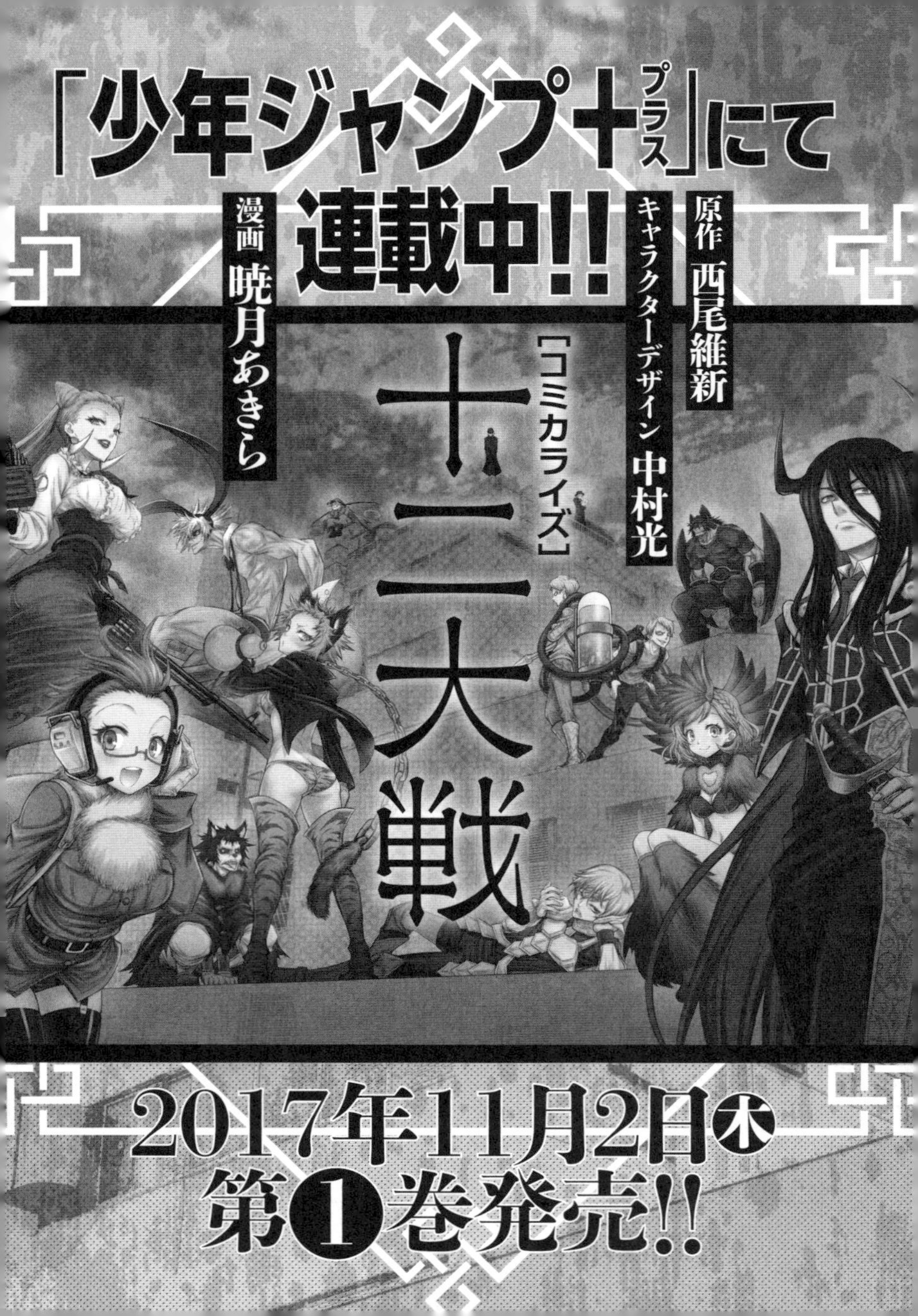

「少年ジャンプ＋《プラス》」にて
連載中!!
原作 西尾維新
キャラクターデザイン 中村光
漫画 暁月あきら
【コミカライズ】
十二大戦
2017年11月2日(木)
第1巻発売!!

◆初出：十二大戦（2015年5月24日発行）
本単行本は上記の初出作品を一部追加修正し、改装したものです。

十二大戦

2017年10月9日　第1刷発行

小　　説　　　　西尾維新
イラストレーション　中村光

装　　丁　Veia 斉藤昭・兼田彌生・山口美幸
担当編集　渡辺周平
編集協力　長澤國雄
編 集 人　島田久央
発 行 者　鈴木晴彦
印 刷 所　図書印刷株式会社
発 行 所　株式会社集英社
〒101-8050　東京都千代田区一ツ橋2丁目5番10号
電話　編集部／03(3230)6297
読者係／03(3230)6080
販売部／03(3230)6393《書店専用》

Printed In Japan　ISBN978-4-08-703432-5　C0093
検印廃止